徐鲁作品系列

青梅竹马时节

徐 鲁 | 著

时代出版传媒股份有限公司
安徽少年儿童出版社

图书在版编目(CIP)数据

青梅竹马时节 / 徐鲁著. —合肥：安徽少年儿童出版社，
2015.8 (2022.1 重印)
（徐鲁作品系列）
ISBN 978-7-5397-8114-3

Ⅰ.①青… Ⅱ.①徐… Ⅲ.①散文集-中国-当代Ⅳ.①I267

中国版本图书馆 CIP 数据核字(2015)第 111216 号

XULU ZUOPIN XILIE QINGMEIZHUMA SHIJIE

徐鲁作品系列·青梅竹马时节　　　　　　　　　　　　　徐　鲁著

出版人:张　堃　　　策　划:陈明敏　　　　　　　责任编辑:阮　征
责任校对:王　姝　　　责任印制:朱一之
出版发行:时代出版传媒股份有限公司　http://www.press-mart.com
　　　　　安徽少年儿童出版社　E-mail:ahse1984@163.com
　　　　　新浪官方微博:http://weibo.com/ahsecbs
　　　　　（安徽省合肥市翡翠路 1118 号出版传媒广场　邮政编码:230071）
　　　　　出版部电话:（0551）63533536（办公室）　63533533（传真）
　　　　　（如发现印装质量问题，影响阅读，请与本社出版部联系调换）
印　　制:阳谷毕升印务有限公司
开　　本:710mm×1000mm　　1/16　印张:12　插页:4　字数:145 千
版　　次:2015 年 8 月第 1 版　　2022 年 1 月第 3 次印刷

ISBN 978-7-5397-8114-3　　　　　　　　　　　　定价:38.00 元

旷野上的星星（代序）

我不能确切地说出，我是在什么地方，从什么时候开始留心观察到这颗星星的。这颗巨大的星星，像一朵静默的蓝色的雏菊，若隐若现，开放在我神秘邈远的生命的苍穹。

是不是从童年时代就开始的呢？当夕阳落山了，小鸟们都从遥远的天边和旷野飞回了村边的槐树林，我也沿着旷野上的小路悄悄地走回了村庄。我偶一抬头，便看见一颗巨大而苍白的星星静静地闪烁在黑黢黢的峰顶上，仿佛是夜的眼睛，在深情地注视着我和我们的旷野与村庄。

这正是晚秋时节，收获之后的田野一片宁静，冷冷的雾气在村路边的草垛上浮动。偶尔一阵风掠过稀疏的树梢，有警醒的夜鸟哇的一声飞走了。村路边的即将干枯的草叶上结满了白霜，淡淡的月辉把村边两棵无叶老槐树的黑色枝影画在矮矮的土墙上……

而当胡同的深处传来妈妈唤我的小名儿的声音时，我一抬头，突然看见，那颗星星也跟随我一起，从旷野走进了村子。

后来，我独自离开亲人和故乡，去遥远、陌生的城市里寻找自己的前程。

在一个寒冷的冬日的早晨，当我回过头，最后望一眼我的沉睡的村庄，我看见，那颗星星也在村庄的上空闪耀着，仿佛在为我送行。

我用感激的目光看着它，好像是在向它默念我心中想到的一切。这一瞬间，我又真切地感到一种决心奋斗到底的信念和力量，也感到一种慈母般的温情。

许多年后，当我仍然背着那小小的生命的行囊在广阔的人世间漫游，当我一个人走在异乡空寂的夜路上，或者疲惫地倚在那些陌生的村子外的麦垛边，仰望着深邃的夜空，分辨着我的故乡的方向……这时候，我又发现了，那颗星星原来一直在和我同行，并且一直在用兄弟般的情谊伴随着我，用妈妈一样温柔的满含祝福的目光安慰着我、鼓励着我……

我的心战栗着。我的眼里无声地噙满了感激和惭愧的泪水。

我想到：不会错的，这就是它了！我那最初和最终的，一颗照耀着我全部的命运和幸福的星星——一颗时刻召唤着我，勇敢无畏地向着明天坚定走去的星星！

徐鲁

目 录 CONTENTS

旷野上的星星(代序)/ 1

心上的河流 / 1

故乡的小路 / 3

心上的河流 / 5

入队的时候 / 12

风雪中的小路 / 15

赶集的故事 / 18

昆虫还在田野上哭泣 / 22

故乡的野菜 / 24

绿荫下的红墙 / 29

遥远的风琴声 / 38

记得纯真少年时 / 43

故乡的七夕 / 46

1

永远的心香 / 51

爷爷的打火匣 / 53

失去的草篮 / 61

永远的心香 / 63

遥远的青纱帐 / 68

奖状 / 76

爸爸的田野 / 80

小姐姐 / 84

童年的书香 / 87

冬至的梦 / 95

童谣和游戏 / 98

新年来了 / 102

儿时的春节 / 106

故园的老树 / 118

外婆的大海 / 125

母校的晨钟 / 135

骑在白墙上的童年 / 137

献给我的小学母校 / 140

母校的晨钟 / 142

旷野上的茅草棚 / 145

十里风雪路 / 148

会当水击三千里 / 153

告别故乡 / 160

迎接十六岁的太阳 / 168

昨天的誓语 / 171

乡梦不曾休 / 177

这么快就开始怀旧了 / 180

后　记 / 183

追忆逝水年华 / 183

心上的河流

清芬而温婉的流水
注入我的生命和感情
汇合在我的血液里
与我的热情共存
与我的忧愁与快乐同在

故乡的小路

我时常想起故乡那条弯弯曲曲的小路。

那是一条在清晨传送着牛铃与马达声，传送着遍山鹧鸪的啼声，也传送着枫树下孩子们琅琅读书声的小路；那是一条在黄昏的时候飘摇着田野上的晚霞，飘摇着淡蓝色的炊烟，也飘摇着妈妈在村口的呼唤声和孩子们匆匆归家的脚步声的小路……我的心，常常因为思念那条小路而激动。

人们告诉我，很多年以前，在那个让所有的人都觉得寒冷和寂寞的冬天，当我沿着那条小路含着泪水离开故乡之后，许多像我一样的年轻人也默默地走了。人们告诉我，那时候每一个离开故乡的人，那沉重的脚步总是踩痛了全村人的心。

但故乡的小路好像总是在期盼着：等到春天来了，离开这里的孩子们就都会悄悄回来的。是的，好像我也说过，我是要回来的。故乡的小路，你听到了吗？

所以，在以后那么长的日子里，故乡的小路就像我们失落在故乡的心愿一样，就像我们在那些贫穷的日子里小小的渴望一样，它最终没有被岁月的荒草掩住。多少风雨，一阵一阵地袭向它；多少烟雾,一层一层地绕着它。但它是坚定的,坚定得就像故乡里的乡亲们一样,它默不作声地迎来一个又一个季节,从我们的小小村庄,一直伸向前方很远很远的地方……

故乡的小路,它在盼望美丽的岁月到来;它在等待离开它的孩子们都快快回来。故乡的小路,也总是那么清晰地延伸进我们的梦里,延伸进我们的思念里。故乡的小路,它也有一颗舍不得离开妈妈的心——像乡村的孩子一样纯朴的心。

我知道,故乡的小路正在那里等着我,等着所有离开它的孩子,等着我们回到故乡去,好好地建设我们的新农村和新家园。因为我们所有的爱,也只能在自己出生的土地上,在故乡和妈妈的土地上生长、开花、结果。

那么,请放心吧!故乡的小路,我会回去的,回到你的身边,向你,向故乡,向妈妈,献出我全部的智慧和力量,献出我心中所有的热爱!

心上的河流

一

记不得是谁说过这样的话了:世界上只有一个孩子能给我以灵感,那就是童年时代的我自己。记忆比铁轨还要长,我在遥望着我的童年时光。我相信,"那个孩子"也活在我的心灵中,从那时一直活到今天。

我念小学时的学校,叫北小峨小学。只要有人悄声细语地说到胶东,或者看到任何一本哪怕是轻描淡写地提到胶东旧事的书,我就会立刻想到坐落在这个小小的轮子般的村庄里的母校。正如一首古老的歌中所唱的:"无论走到哪里,我都把你想望!"

我们的村庄被一条蓝莹莹的小河环绕着。这是一条没有名字的河流,不叫"还乡河",也不叫"柳叶河",虽然我常常在自己的诗歌和散文中用这样的名字来称呼它。从遥远的童年一步步走到生命的中途,经过多少岁月的风雨和世事的烟尘,多少悲欢的景象都被悄无声息的时光的流水冲洗而去,永不再来!唯有这条河流,一直涓涓不断地流淌在我的心灵和记忆的旷野上。清芬而温婉的流水注入我的生命和感情,汇合在我的血液里,与我的热情共存,与我的忧愁与快乐同在!

同所有那时候乃至现在的一些乡村小学一样,我们的教室是低矮而简陋的。土砖垒成的两个墩子上面铺一条长长的石板,这就是我们的课桌了。石板铺在面前,而书包则吊在我们各自的脖子上。小小的黑板挂得很高,黑板前的一张白木小桌上放着一枝新削好的长长的槐条,它的学名叫"教鞭"。没有带玻璃的门窗,但透过那小小的格子窗棂,我依然可以看到外面晴朗的天空和一排排新栽的小杨树,听到那树上鸣响着的夏日的蝉叫声。再远处,就是那条在阳光下淙淙流淌的美丽的河流了……

说得阔气与浪漫一点,它和我们的校园一起,成了我童年的美丽的憩园和伊甸园,一切的寂寞、欢乐和忧伤的镜子。清亮的河水里流淌着我生命里最初的牧歌,宽厚而温暖的河滩上深埋着我生命最初的梦——我修建沙土城堡和乘着纸船去航海的梦……

好,我就这样开始我的学生生涯吧。

二

我的第一位老师叫巧玲。她是我们本村的一位回乡高中生,瘦高个儿,白皙的皮肤,扎着黑油油的两根长辫子。她成了我们三十多个乡村孩子共同的姑姑、大姐姐和班主任老师,或者也可以说,她是我们大伙儿的保姆。

那是艰辛、贫穷和寂寞的年月。我们共同的日子正如同许多年后我所读过的一本英国小说里写的那样："这是最好的时代，这是最坏的时代……这是希望之春，这是失望之冬；人们面前有着各样事物，人们面前一无所有……"知识，对于我们这群野孩子来说，好像不那么重要。我所能记住的是，我们从此过上了一种集体生活，一颗颗年幼的心，在黯淡和寂寥的季节里萌发出各自小小的欢乐与温情的绿叶。它是我潮湿的记忆中永远不会生锈的金子。

春天里，我们在自己填平的小操场上赛跑、做游戏。一到星期六的下午，巧玲老师就带领我们涉过小河，到山坡上帮大人们为越冬的小麦苗儿追施农肥。夏天，我们每人挎着一个小篓子去麦收后的田野上拾麦穗儿。休息时我们便列队为大人们唱歌，或者表演快板书和双簧。巧玲老师自己编了通俗易懂的歌词，再配上人人熟悉的《八月桂花遍地开》或者《大红枣儿甜又香》的曲调，我们便郑重其事地一个节目接一个节目地表演开来，不时赢得阵阵欢呼和喝彩。秋天里的庄稼收获完了，我们又会排着队去进行一次小秋收：捡花生、挖半夏和成熟的臭瓜根块，也到高高的大青山上去摘松塔。花生交给队里做贡献；半夏和臭瓜根晒干了卖给公社的中药店，换来的钱用来买连环画摆在教室的小图书角里；而松塔呢，就留做我们过冬烤火的柴火吧。

我们当然最愿意到大青山上去采摘松塔了。男孩子可以攀到高高的松树上显示自己的勇敢无畏，女孩子可以吃到新鲜喷香的松子儿。而且我们一起站在高高的山巅上，还能够远远地望见湛蓝的天空下那一片白得耀眼的大海，看到缓缓移动的银色的帆影……巧玲老师告诉我们，山那面是大海，而大海的那边又是高山。我们便问：

"那么天到哪里才是尽头呢?"老师说:"所以你们要快快长大,长大了才会明白哦……"

冬天说来就来了。好大的西北风啊!所有的杨树和槐树一夜之间就掉光了叶子,紧接着就落雪了。雪落在高高的大青山上,落在村边一个个金色的草垛上。雪一夜之间就盖住了我们整个村庄。我们的操场也是一片银白。这样的天气里我们是不出门的,我们小教室的门窗总是用旧报纸糊得严严实实的。我们在教室里大声朗读《从百草园到三味书屋》。巧玲老师大清早就为我们生好了炉子,整间教室里暖烘烘的,只有外面的大风雪在怒吼着,一会儿来推推我们的门窗,一会儿又叹息着走远了……我们大声地背书,一天里不知道要背多少遍。一篇《海燕之歌》也会让我们背上整整一个冬天。后来在大学里重读《海燕之歌》,那最初的情景——小学校里的环境、天气、老师的神态语调以及当时的感受,都会同时清晰地涌上心头,像无声的影片一幕幕地放映起来……

记得上五年级时,我的一篇作文《大风中的泡桐树》曾被巧玲老师在每间教室里朗读过,而且还被邻村南小峨和前集的小学拿去当范文。作文里写的是我家门前新栽的一排青青的泡桐树,至今我还记得其中有"泡桐叶儿被大风吹动着,好像河上的波浪,一翻一翻的,格外好看……"的句子。我想,如果这些小树今天还在,那么它们该都是实实在在的栋梁之材了!然而它们没能活下来,它们被一群民兵砍了去当成练刺杀的工具了。

啊,总是难忘,总是怀想。我知道我所留恋和怀想的,是我那时候的一颗纯朴的童心,是在艰辛的日子里所萌生的一些微弱的神往和梦想。这种神往和梦想正如同饥饿和寂寞一样,伴随着我,仿佛一对形影不离的伙伴。

三

我在小学时的老师,除了巧玲老师外,还有一位王校长。王校长是从一所联中里调到我们村的。王校长多才多艺,吹拉弹唱,样样在行。他的字在我们那一带远近闻名。每到年关的时候,全村每家买来的大红春联纸都送到他这里来。放寒假的前几天,我们做学生的都成了为他按纸磨墨的书童。他的字写得漂亮而流利,那时我们都跟着他学习写大字。大红纸按照每家的要求裁好了样式,大门联归王校长写,而那些诸如贴在米缸上的"五谷丰登"、贴在衣箱上的"衣裳满箱",以及贴在窗户边的"抬头见喜"等小红条幅,就归我们这些做学生的来写了。我们的字可能写得不太好看,但我们的心是诚实而端正的。在我们那样的小村庄里,一家的欢乐几乎也就是公共的欢乐,每家大人来取春联时,我们总会赢得一片"名师出高徒"的赞语。这时候,王校长就一个个地看着我们说:"以后全凭孩子们自己的造化了!"整个村庄内外充满了过年前令人喜悦的气氛。平日里邻里之间、孩子与孩子之间偶尔的不快也都在这喜庆的气氛中化解了。

王校长住在我们村里,去每家轮流吃派饭。那时候差不多家家的日子都不宽裕,实在拿不出更好的东西给王校长吃。但我们做学生的和家长们的心思一样,都盼着他能早些安排到自家里来。记得有一次终于轮到王校长来我们家吃饭了,我便冒着大风雪跑到十几里外的姥姥家去,向姥姥要了几瓢白面和一些鸡蛋。我背着它们赶到家时,天已黑了。王校长已经笑眯眯地坐在我家炕头上和母亲拉着家常话了。他夸赞母亲做的玉米饼松软好吃,也夸赞我在学校里很争气很用功,还说鸡蛋就留着卖掉给孩子买双白球鞋。因为那时候我们学校每天早晨天蒙蒙亮时,都要起来集合进行越野赛跑。这是我们小学传统的体育项目,有不少大哥哥跑步时小腿上还绑着沙袋呢!王校长离开我们家时,拍着我的光头说:"好小子,好好用功啊,你看你有一位多好的母亲!"母亲一直送王校长走出胡同口。

王校长还会剃头。他不上课时,他就拿个小板凳放到树荫下,然后一个接一个地叫出长头发的孩子,三下五除二就剃光了一个头。当时只要一看到剃平头的孩子,人家就会知道这肯定是王校长的学生。他像一位好父亲一样管束着每一个孩子。有些事管得很严,如夏天是绝对不准我们私自到河里游泳的。有些事则显然是放纵了我们,例如有的孩子放学回家时,偷挖了公社的花生或拔了大队的萝卜吃,人家告到了学校,王校长先是向人家赔不是,然后总是叹着气说:"孩子是饿啊!吃了就吃了吧,你能让他吐出来吗?"他那严厉的教鞭也从来没有因为这样的事而落到我们头上。倒是有不少调皮的孩子因为私自到深河里游泳,而狠挨了他的教鞭,用他的话说:"看来你是肉皮子痒痒了。"于是,他的教鞭就会恰如其分地让那些同学的肉皮子不那么"痒痒"一番。现在想来,他是那样疼爱我们,而为了尽可能地宽容我们和保护我们,在那样的年代里,他是尽了他最大的努力的。

但是,不知道为什么,王校长很快又离开了我们村,到更远的地方去了,听说是到店集的一所中学去了。王校长依依不舍地离开我们村的时候,也正是我即将小学毕业的日子。

如果王校长现在还活着,也该有七十多岁了。愿这早来的春风,能将我的怀念和祈祝带到他的身边!

四

那么,暂且别了吧,我的充满真情的小学时代!别了,我们的土砖垒成的课桌、木制的黑板和旧报纸糊着的小小的教室!别了,我的艰辛而勤恳的与我们同甘共苦、相濡以沫的老师们……

劳燕分飞,人世倥偬。年年柳色,岁岁秋风。如果说环绕着我们村庄的那条无名的河流会奔腾不息、永不枯竭的话,那么那流淌在我心上的一条情感之河则更是涓涓长流,永远清澈不浊的。它是我一切纯洁的、欢乐的、善与爱的情思的源头。从这条河流上,我将常常听见那些响彻在我生命和灵魂里的嘱托的声音、关怀的声音和呼唤我的声音……

今生今世,我将怎样来报答它们呢? 我一遍遍地问着自己。

入队的时候

一个人从幼年到成年,一步步地走过来,是一条多么漫长的旅程。1971 年,我在我们村小学念二年级。看着高年级同学脖子上系着红红的领巾,我是多么眼馋啊!我三伯家的一位堂姐,每天都戴着红领巾很神气地到我家来。每次来,我的母亲总是夸个不停。有次我忍不住手痒,趁堂姐在我家洗头的时候,悄悄地把她放在书包里的红领巾拿出来,对着镜子系在我自己光溜溜的脖子上,堂姐看见了,小嘴儿噘得老高,说道:"干什么呀? 看你那双小手,黑乎乎的,把人家的红领巾弄脏了怎么办?"我赶紧把红领巾摘下,放回她的书包里,嘴里还不服气地嘟囔了一句:"怎么办? 用蒜拌(办)呗!"母亲在一旁看在眼里,说道:"别眼馋人家的,用功念书,你也能戴上的!"堂姐说:"光用功念书还不行,还得经受考验!"

我问:"什么是考验呢?"

堂姐忽闪着大眼睛, 支支吾吾地说:"考验嘛……就是考验呗!跟你说你也不懂!"

那时候,戴上了红领巾的孩子,上学的路上碰到了老师或长辈,都要行举手礼,没有佩戴红领巾的孩子,见到了老师或长辈,则没有行举手礼的资格。有一次,放学回家的路上,一位老师迎面走来,我堂姐和她的同学规规矩矩地向老师行了举手礼。我跟在后头也不由自主地把右手五指并紧举到了头上。老师默默地向我点了点头。不想这个动作被堂姐她们看到了。几个女孩子见老师走远了,便笑着问我:"呀,小弟,你什么时候加入组织了?怎么不佩戴红领巾呀?"

我顿时满脸羞红,不知怎么回答才好。看着堂姐那神气活现的、取笑我的样子,我气恼地说:"我愿意这样,你们管不着!"嘴上这么说,心里却在想,什么时候,要是我也能戴上红领巾,那该多威风啊!

只过了一年吧,我念三年级的时候,因为我在村小学里表现特别出众,所以村小学的少先队组织便向我敞开了热情的怀抱。这年的六一儿童节,我成了我们那一年级第一个戴上了红领巾的人。

我清晰地记得当时的情景。因为入队仪式要到我们学区即社生联中校园里举行,所以这一天便显得更加隆重。老师还告诉我,到时一定要穿有翻领子的白衬衫,而不可以穿圆领衫或光着脖子去。这可难坏了我的母亲。我还从来没穿过有翻领的白衬衫呢!现做是来不及了,只好借。母亲先后向邻居家借了好几件白衬衫,不是大了就是小了。最后终于借到了一件合身的,但却是女式的,翻领儿带着浅浅的花边。带花边就带花边吧,毕竟还是一件白衬衫,穿在我身上,当然还是够气派的。

这天清晨,鸡叫头遍我就醒了。爬起来看看纸窗,还黑黢黢的呢,躺下再睡,却怎么也睡不着了。老祖母疼爱地对母亲说道:"看把孩子折腾的!"母亲说:"由他去吧,孩子可为咱家争了气啦!"终于等到吃过早饭,我的班主任巧玲老师带着一队高年级的少先队员,敲锣打鼓把我送到学区。

到那里一看,好热闹的场面啊!红旗飘飘,鼓声咚咚,一支支红缨枪都系着鲜艳的缨子。一队穿着白衬衫的小号手个个左手叉腰,右手执号,鼓着腮帮子使劲地吹着铜号,嘴里活像含着俩鸡蛋。后来才知道,这一天是当时社生学区最大的、也最隆重的一次入队会。

我站在那些陌生的同学中间,心里怦怦直跳,不一会儿便满脸汗水了。但我又不敢去擦,怕把白衬衫弄脏了。会场中央悬挂着毛主席像,四周插满了大大小小的红旗,还有一张写着即将宣誓的同学名字的大红榜,我一眼就从上面找到了自己的名字。在一阵整齐而嘹亮的鼓号声里,一位高年级的女同学(她叫乔小娟,东崖村小学的)为我系上了一条崭新的红领巾。系完,她退后一步看了看,又上前整理了一次,然后再退后一步,严肃地向我行了一个举手礼,我也忙不迭地向她行了举手礼。不用说,因为激动和紧张,我的举手礼肯定非常不标准。接着是在学区里一位戴着红领巾的老师的带领下宣誓。她说一句,我们也跟着齐声说一句。誓词挺长,我已经记不完全了。但有两句是我今生永远不会忘记的:红领巾是五星红旗的一角,是无数先烈的鲜血染成的……我们要时刻准备着,为共产主义事业而奋斗!……

啊,"时刻准备着……"这响亮的口号,这坚定的信念,从那时候起便深深地铭记在我心中了。

风雪中的小路

鲁迅先生曾经写到自己小时候,常常出入于当铺和药店,从比自己高一倍的柜台外送上衣服或首饰去,在轻蔑的眼光里接了钱,再到一样高的柜台上,去给久病的父亲买药。这些艰难的日子使童年时代的鲁迅过早地尝到了人生的滋味,感受到了人间的冷暖。由此,我也想到了自己小时候的一些经历,想到我为病中的妈妈抓药的那些日子……

我的妈妈是一位善良、勤劳的渔家女子。在我们村里,妈妈以自己的勤劳、善良、能干赢得了长辈们的夸赞和晚辈们的尊敬。对于村里的孤苦人家,妈妈宁肯自己家里人少吃一口、少用一点,也要尽力周济,热心帮助那些需要帮助的人。

可是一场大病让妈妈突然倒下,最终也没有医治好,妈妈过早地离开了人世。妈妈病重期间,我正是十二三岁的年龄,有两三年,几乎是每天一放了学,就要来回奔跑在从我们村到十几里远的杨戈庄那条崎岖的山野小道上,去为妈妈求医抓药。天长日久,山道走熟了,再黑的夜晚我也不害怕了,再远的路途我也不觉得远了。

有时候,新的药方开来了,药要得紧,爸爸干了一天的农活,累得走不动了,我接过药方,无论多冷的天气,提上风灯就出了村。

杨戈庄上的杨大爷,人们都称他"杨善人",他家里开着一间在当地极有名的小药铺。那几年,我是那个小药铺里的常客。

到杨戈庄去,要经过一条又窄又险的山路。我记得在一个风雪弥漫的夜晚,我揣着新的药方,抱着一只老母鸡,踩着没膝深的积雪,走着走着,只觉得四周白茫茫、明晃晃的一片,找不着路了。一不留意,我一脚踩进了深沟里。幸亏有厚厚的积雪托着我轻薄的身子。我摸索着爬起来,拍拍满身雪花,紧了紧靴子带,继续赶路。

荒野之上,前不见村,后不着店,真是欲哭无泪,欲喊无声。等到终于摸到了杨大爷家门口时,人家早已关门睡下了。

"杨大爷,杨大爷,开开门,是我呀!"

这半夜的叫门声惹得胡同里外的狗儿汪汪直叫。

杨大爷开了门,见我满身雪花,满头大汗,一把把我拉进了屋里,心疼地说道:"孩子,都后半夜了,你是怎么走来的?可不要把小身子骨糟蹋了啊!"

"不要紧,大爷,我长得皮实。又有了新药方了,不知您这里有这药不?"

杨大爷让我脱下靴子,偎在热炕上暖和着双脚,然后麻利地为我配好了药。听说他的药铺最高一格的抽屉里的药,都是祖传的,而且都很贵重。

我告诉杨大爷:"大爷,家里没有现钱了,这只老母鸡就当药钱吧。每次都让您费心……"

杨大爷说:"孩子,治病要紧,治病要紧。这老母鸡大爷可不能收,我先记上账就行了。"

"大爷,您也得过日子呢!"我放下老母鸡,拿起药包就准备往回赶路。

杨大爷拉着我说:"孩子,就在我这里住一晚上吧,等天亮了再走。你看这冰天雪地的,再说你还是个孩子哪!"

"不啦,大爷,家里人会担心的。"

抱着药包往家里赶的路上,我在心里一遍遍地说:"老天爷啊,求求你啦,快让我妈妈的病早些好起来吧!求求你啦!"

那时候,我的心里总是怀着这样的信念:也许吃了这一剂药,妈妈的病就会好起来的吧!是的,会好起来的!妈妈的病好了,我们往后的日子也就会好起来的。我常常是一边走着一边想,不知不觉,十几里的夜路就走完了,远远地可以望见黑魆魆的村子了。那寂静得没有一点声息的村子,连一星灯火也看不见,只有野外的风雪在号叫着,呜呜地从这面山吹到那面山上去……

大风雪中的一条模糊的小路,牵引着我气喘吁吁地到了家门口。全家人看见我抓回的新药,又像看到了新的希望。爸爸会连夜小心翼翼地把药煎上。

这时候,我才觉得自己疲乏得连脱衣服的力气都没有了。可是,刚歪到炕上打了个盹儿,邻家的鸡已经开始鸣叫了。我知道,那等待着我的是另一条上学的小路……

赶集的故事

我从很小的时候起，就学会了赶集。

本来，赶集是一件十分热闹的事。一些富裕人家的孩子到人声鼎沸的集市上逛一逛，看一些艺人的杂耍表演，买几只能发出响声的泥老虎玩一玩，或者买一些新上市的海味吃一吃，要不就到馆子里吃点好吃的东西……那当然是很有意思的。可是这些都与我无缘。我小时候就学会了赶集，纯粹是出于无奈，是为了全家人的生计而学会的。就和鲁迅先生曾经写到他在童年时代经常出入充满白眼的当铺一样。

赶集需要起大早。公鸡还没有打鸣，天色还蒙蒙亮的时候，我就得揉着惺忪的睡眼爬起来，背上事先称好的一口袋麦子或苞米，趁着村里的大部分人都还没有醒，悄悄地像小贼一样溜出村子，踏着星光匆匆地赶上十几里路。到了集市上，市面上还冷冷清清的，往往只有少数几个赶早集的人在那儿游荡，像鬼魂似的。

这时候，我会赶紧寻找一个避风的墙角站定，摊开自己的粮食袋口，几乎是央求着那些籴粮的人，央求着那些明显露着怜悯和轻蔑神色的面孔，让他们买下我的这一小口袋粮食。

因为要提防和躲避"市管会"那些戴红袖标的人,所以也由不得你来讨价还价,能尽快顺顺当当地找到买主成交就算是幸运的了。因为这总比把粮食再背回家去要好。卖了粮食,把手里的几元钱攥得紧紧的,又得赶忙往家里赶,怕的是耽误了自己的上学时间啊!

回家的时候,天色仍然蒙蒙亮呢!静静的村路带我回家,路边小草上的露水会打湿我的裤脚。三星依然闪耀在头顶,那些早起的人才刚刚走进打麦场……

许多年后,我读到了古老的《诗经》上有这样的描写:"绸缪束薪,三星在天。今夕何夕……绸缪束刍,三星在隅。今夕何夕……"意思是说:"我把柴火捆得紧紧的,抬起头看见三星在天上闪耀。啊,今天晚上是个什么样的夜晚啊……我刚刚捆紧了那些干草,抬起头看见三星正在东南角闪耀。啊,今天晚上是个什么样的夜晚啊……"我觉得,这情景和我当年赶早集去卖口粮的情景多么相似。

卖了口粮换来的钱,我是舍不得花掉一角一分的,因为要留着给病中的妈妈抓药治病啊!

可是,这微小的一点希望,最终还是化成了无声无影的肥皂泡。我的孝心最终也没能挽救妈妈的生命。在我十二岁的时候,妈妈就离开了人世。这是冷酷的命运在我童年时给我上的最严厉的"第一课"。

长大后,我写过一篇散文《故乡的小路》。我还记得这样的语句:"我时常想起故乡那条弯弯曲曲的小路。那是一条在清晨传送着牛铃与马达声,传送着遍山鹧鸪的啼声,也传送着枫树下孩子们琅琅读书声的小路;那是一条在黄昏的时候飘摇着田野上的晚霞,飘摇着淡蓝色的炊烟,也飘摇着妈妈在村口的呼唤声和孩子们匆匆归家的脚步声的小路……我的心,常常因为思念那条小路而激动。"

现在想来,这样的描写实在是有点美化,有点过于抒情了。我知道,我留在那条村路上的,不是快乐的歌曲,也没有什么诗情,我是在走着我最早的一段沉重而艰辛的人生小路。

我有时想,我的宝贵的童年时光——正是长身体、长知识的一段时光,是不是就是在这艰难地奔波往回的村路上消逝而去的呢?大道默默,小道切切。是的,我的童年,是被贫困和艰难的日子掠走的,是被人世间的风霜雨雪吞噬而去的。由此我懂得了一个道理:生活在人世底层和阴影里的人们,他们所尝到的人生滋味,往往并不是每个人都能体会到的。

我还想到了海伦·凯勒说过的一段话:"人们经常发现,那些生活在阴影里的人,对他们所从事的每一项事业,无不感到甜蜜。然而,我们大多数人却把生活看得太平淡了。"

那么在我赶集的回忆里,真的没有一点点乐趣能够找出来吗?倒也未必。我还记得,有一年夏天,在一次赶早集的时候,我的一口袋豌豆,意外地卖了一个好价钱,比我在路上预估过的价钱还要好。我在集市上转悠了半天,先是为我奶奶买了一根红漆拐杖,还为小妹挑了一只小泥老虎。最后,我在一个卖西瓜的摊子前停了下来。

我想,我还从来没有吃过西瓜呢!那么,今天就尝尝鲜吧。挑来挑去,我挑了一个最小的小西瓜,花了两毛钱。我跑到离集市不远的一条小河边,见四周无人,便匆匆地洗了洗那个小西瓜,迫不及待地吃了起来。可是,也全是因为那时候我们那里西瓜稀少,我长到这么大了还是第一次吃西瓜呢,结果,我把小西瓜那厚厚的一层绿皮全啃光了,剩下了一团红瓤,却狠狠心扔掉了。

后来我才弄明白,原来,我是用平常吃香瓜的方法去吃那个西瓜的。西瓜的皮是不好吃的,好吃的是红色的瓜瓤,我却把红色的瓜瓤全部扔了。难怪我没觉得这西瓜有什么好吃!我为此懊悔了好几天,太不划算了。

从那时起,每当看见西瓜,我就会想起这件小事。这也许还值得一乐。那么一次次看着我起大早去赶集,又带着我匆匆赶回家的村路,你还记得吗?你该不会因此而嘲笑一个贫穷的乡村孩子吧!

昆虫还在田野上哭泣

小时候的我,怎么会那么馋啊?

夏天到了,田野上的蚂蚱、蝈蝈、蝗虫、螳螂……都长大了,我就经常趁着去田野割草、挖野菜、捡麦穗的时候,捕捉这些长得肥肥的昆虫,有时候等不到带回家来,就在田野里点上一把火烤着吃掉了。烧昆虫的香味,现在想起来还那么诱人。

仔细想一想,我小时候吃过的昆虫种类真多啊!除了前面说到的蚂蚱、蝈蝈、螳螂等,还有另外一些昆虫。

夏天的雨后,尤其是黄昏的时候,在大树底下的湿地上,我挖过正准备爬上大树去脱掉蝉衣的蝉的幼虫,然后回家烧熟了吃。春天的夜晚,我会提着小桶,去村外路边的小树上寻找一种金甲虫。有时候,那种金甲虫会密密麻麻地聚集在一棵棵小杨树上,使劲一摇小树,金甲虫就吧嗒吧嗒地落满地面,像下了一层黑色的小冰雹一样。不一会儿,我就可以捉到满满一小桶金甲虫,回家让妈妈放上一点盐,用油炸了吃,也很香。

秋天里,等到大豆收获完了,我会去大豆地里寻找和挖掘一种肥胖的豆虫的虫蛹。当豆虫还是虫子的时候,它是绿色的,喜欢伏在大豆叶上,靠吃豆叶和豆茎生存。等到大豆成熟了,收获的季节快要到了,原本绿色的豆叶也变得枯黄了,这时候,豆虫也会悄悄地爬下豆秸,钻到豆棵附近的泥土里,肥胖的身子也由绿色变成了土黄色,然后渐渐变成一个肥胖的虫蛹。豆虫的虫蛹里有很多的"膏黄",用火烤熟了吃,非常香。

现在想来,我小时候因为馋,吃过多少可怜的昆虫啊!我为什么会那么馋呢?只有一个原因,就是那时的日子太穷、太苦了,正是长身体的时候,却没有吃的东西,天天感到肚子饿啊!

除了吃过那么多昆虫,小时候,我们这些乡村小孩还恶作剧地虐待过一些小昆虫。夏天的马齿苋开花了,我们一旦捉到了大知了,就会用两片小小的马齿苋花瓣,扣在知了的两只眼睛上(马齿苋花瓣套知了的眼睛正合适),然后一撒手,知了就拼命地往天上飞,一直飞到看不见……

现在想来,这样对知了也实在是太残酷了!知了又没招你惹你,干吗要这样虐待它们!现在我很后悔,小时候竟然干过这样的恶作剧。

一生热爱昆虫、观察昆虫,并且用文字为那些小小的昆虫鸣过不平的法国昆虫学家、《昆虫记》的作者法布尔,是我很敬仰的一个人,他的生平事迹深深地感动过我,我为他写过一篇长长的散文《哭泣的昆虫》。现在,想到自己小时候吃过的昆虫和曾经虐待过的昆虫,我好像听到那些小小的昆虫正在田野上哭泣。

故乡的野菜

"我们的田野,美丽的田野,碧绿的河水,流过无边的稻田;无边的稻田好像起伏的海面……"一曲纯真的童声合唱,又把我带回到童年时代的田野上。

这是北方三月的田野,布谷鸟和燕子又从南方飞回来了,太阳光映照在粉红色的桃花和月白色的梨花上。想起田野,我首先就会想起童年时在田野上挖野菜的情景。那些青青的野菜,现在生活在城里的孩子们不仅没有吃过,也许连看也没有看见过呢!更不用说去挖野菜了。

可是,我们这一代从小生活在乡村的孩子,却是吃着四季的野菜长大的。清苦又甘美的野菜,喂养了我们贫瘠的童年;嫩绿的野菜,生长在我们记忆的田野上。这是大地妈妈默默的恩赐。我们感谢乡村的田野,感谢田野上生生不息的野菜,在离开了乡村之后,仍会常常怀念那些野菜。挖野菜是我小时候最难忘的记忆之一。

春天来了,马齿苋发芽了。路边、荒地里、山坡上,都能找到长得又肥又嫩的马齿苋。不知道为什么,我们那里又把马齿苋叫作"蚂蚱菜"。

马齿苋的茎是紫红色的,肥肥的,嫩嫩的;它的叶子是圆形的,看上去也是厚厚的,嫩嫩的。挖出一株马齿苋拿在手上,觉得沉甸甸的。马齿苋洗净了,用开水烫一下,切碎,可以凉拌着吃;也可以洗净晾干,放到冬天,再泡开,剁碎,包包子吃。马齿苋是凉性的野菜,吃起来有点酸味儿。

爷爷曾告诉过我,马齿苋还可以切碎后用来喂画眉鸟。因为画眉鸟总是不停地唱歌,容易上火,吃了马齿苋就可以清火了。

灰灰菜也是北方田野上最普通的一种野菜,总是成片成片地生长在荒坡和耕地里,农民们称它是"贱菜",因为它无论在什么地方都很容易成活和生长。

司马迁在《史记·太史公自序》里说:"粝粱之食,藜藿之羹。"藜藿,就是指灰灰菜。它的花蕊和嫩苗都可以当蔬菜吃。如果你仔细品味,会尝出灰灰菜的味道里有一点儿碱的味道,那是泥土的味道。

灰灰菜的叶子很奇特,顶端的嫩叶总是粉红色的,而叶子背面有一层灰绿色的粉霜。春天是灰灰菜最嫩的季节。小时候,每到春天的下午,我们一放了学,就会挎着篮子到田野上去。干什么去呢? 当然是去挖肥肥的灰灰菜啦。

香椿芽不是长在野地里的野菜,而是高高的香椿树的幼芽和嫩叶儿。不过,它也可以当野菜来吃。香椿芽儿吃起来清香可口。农人们说:"房前一棵椿,椿菜常不断。"从清明到立夏前这段日子里,香椿芽儿可以多次采摘,越采摘它越长得丰盈。

和香椿树的样子长得很像的,还有一种臭椿树。臭椿树叶总是散发着一股淡淡的臭味,当然是不能吃的。而且,臭椿树也不像香椿树那样高大，树身长不高，更长不成材料，只能砍下来当柴火烧。

榆钱儿也不是长在地里的野菜，而是榆树的嫩果儿。初春时节，老榆树的叶子还没有长出来，花却先开了，一簇簇地开在老榆树的叶片下，不久便结出带有圆翅的果实。榆树果儿在圆翅的当中，看上去好像古时候的铜钱，所以农人们就把它叫作"榆钱儿"。

榆钱儿一串一串地挂满枝头，黄绿鲜嫩，可以摘回家当菜吃，味道清甜芬芳。不过，榆钱儿寿命很短，成熟后一个月左右就不会再发芽了。成熟了的榆钱儿就不好吃了，不过可以捡来做成榆钱儿项链戴着玩儿。

除了榆钱儿，老榆树的皮也可以剥下来，晒干，磨成榆皮面粉。榆皮面粉和小麦面粉混合在一起，可以做馒头吃，吃起来也很香。

从前遇到饥荒的年月，农民们都吃过榆钱儿或榆皮面馒头。我小时候，就多次吃过妈妈采回来的榆钱儿。现在生活富足了，很少有人再去吃榆钱儿和榆皮面馒头了。不过，如果你看到刚刚结出的嫩绿的榆钱儿，也可以摘一些吃一点儿，尝尝味道怎么样。然后还可以得意地告诉别人："没错，我也吃过榆钱儿。"

春天的早晨，特别是下了一场小雨之后，小街上还会传来叫卖枸杞头的声音。卖枸杞头的大都是小姑娘，她们的声音又脆又亮，像唱歌一样："卖枸杞头哎！卖枸杞头哎——"

鲜嫩的枸杞头就放在她们的小篮子里，枸杞头的嫩叶上还带着亮晶晶的雨点儿呢。枸杞是春天的野地里常见的一种绿色植物。把它的嫩茎头掐下来，就是可以当菜吃的枸杞头了。

枸杞头很容易采到，在春天的田野上、小路边，一会儿就可以采摘到一小堆。春天吃枸杞头，可以清心败火，味道也很清香。枸杞头可以炒着吃，也可以切碎，加香油凉拌了吃。

枸杞一到夏天就会开花，开花后结出许多小小的红色浆果，像小小的红玛瑙一样。这些小小的、卵形的红果实就叫枸杞子，农民们又亲切地叫它"狗奶子"。枸杞子可以做中药、泡酒或煮汤喝，是一种土生土长的补品。

民间有句谚语说："到了三月三，荠菜赛牡丹。"荠菜，又叫"地菜"或"地米菜"，是春天里一种非常好吃的野菜。

荠菜的味道清香鲜美，可以洗净凉拌吃，也可以用来剁馅，包饺子或做春卷儿吃。用荠菜做的春卷儿是非常好吃的。

每年农历三月初三这天清早，妈妈就会到田野上去采一些青嫩的荠菜回来，洗干净，用它煮鸡蛋给我们吃。妈妈说，小孩子吃了用荠菜煮的鸡蛋，一年四季就不会肚子疼了。

现在，有经验的菜农们已经将本来是野生的荠菜培育成了一种棚内蔬菜，一年里可以供应八个月的新鲜荠菜呢。不信你到城里的菜场上去转转，就会看到青青的荠菜。只是，你可要认准了哪种才是真正的荠菜。

还有一种在春天里生长的野菜，名叫"苦苦菜"。

我的妈妈是一位善良能干的农家妇女，她去世前唯一想吃的东西竟然就是苦苦菜。那是一个寒冷的冬天，苦苦菜还在大雪下埋着。在妈妈生病的那些艰难的日子里，我幼小的心中总是怀着这样一个信念：苦菜花开了的时候，妈妈的病就一定会好起来！

为此，我几乎天天一个人跑到村外，在大雪天里，在荒凉的山野上,仔细地寻找着、挖刨着妈妈所想念的苦苦菜。终于有一天,我在一块避风处挖到了一簇刚刚露出小芽的苦苦菜根,我欣喜地捧着它往家里跑。

可是,妈妈没能看到和吃到我挖回来的苦苦菜根就永远地闭上了双眼。苦苦菜没有挽救妈妈的生命。她带着一生的辛苦离开了这个世界。

古老的《诗经》里说"采苦采苦",指的就是采撷苦苦菜。

苦苦菜的根、叶、花、茎都可以吃,苦中有香。金色的苦菜花也很美丽。有一首歌就这么唱:"苦菜花开遍地黄……"

那是一种朴素的美,像金色的星星装饰着大地妈妈的襟怀。农人们都喜欢它,苦菜花用自己朴素的美丽赢得了人心。

雍容华贵的花,不一定人人都会喜欢。更重要的是,苦菜花从不嫌弃土地贫瘠,长得山野角落到处都是。越是荒凉的地方,它越开得旺盛,金色的小花格外耀眼,格外令人喜爱。

苦苦菜有着最顽强的生命力,即使在被春天遗忘的角落里,也照样生根、开花,苦恋着大地,年年岁岁,无怨无悔。

绿荫下的红墙

一

　　我时常想起那片浓郁的绿荫,时常想起绿荫下的那道红墙。

　　十四岁那年,我以优异的成绩考进了离我们村不远的那所有名的社生联中。这是我发奋用功的结果,所谓"种瓜得瓜,种豆得豆"吧。而与我同班的好几位一起长大的伙伴,却都"名落孙山",从此便留在北小峨村里做"庄户孙"了。这也是那个年代里,许多乡村少年最大的悲哀与不幸。

　　社生镇每月初一和十五逢大集。逢集时,方圆十几里的村民无论有没有买卖可做,都愿意到集上来赶赶热闹,因此这社生镇也就很有点儿繁华闹市的样子和气氛了。而我们的联中就坐落在这繁华的闹市中心。闹市弦歌,伴着我的苦乐年华。

　　最巧的是,我们联中的门前也有一条清澈不涸的河流,而且它还有一个音节响亮的名字叫"康河"。许多年后,当我在大学里读到了徐志摩的诗歌,竟不禁为我们的这条河与遥远的伦敦剑桥大学的那条河同名而觉得十分骄傲。但我们毕竟是中学生了,好像已经清醒地意识到了,如果再一味地戏耍于河滩和流沙之中,那只能叫作玩物丧志、没有出息了。所以,我们那时虽然都非常喜欢康河,却又很少去和它亲近。它在我们琅琅的读书声中默默地流淌着。

与我们最亲近的是联中那片浓郁的绿荫。

管子说:"一年之计,莫如树谷;十年之计,莫如树木;终身之计,莫如树人。"大概正因为如此,每一所学校,哪怕是刚建校没多久的学校,也总是要在校园里遍植林木,以示古训吧。而一所学校如果古木遮天,花红叶茂,绿荫遍地,也便证明了它的古老的资历了。我们的母校似乎就是这样一所资历不浅的学校。而红墙呢,我至今还模模糊糊地弄不明白,那到底是古已有之的呢,还是顺乎当时的新潮流在一夜间匆匆建成的?无论怎样吧,它留在我的记忆里的景象是美丽而庄重的。社生联中的校园是我做学生时所见过的最美丽、最像校园的校园。

我们在一片蝉鸣声里开始了新的生活……

二

那是寂寞而寒冷的年月。但我们却都觉得,联中的校园生活比我们在村小学时的生活丰富得多了。单是课程,除了语文、政治、数学、物理和化学,还有一门十分有趣的农业基础知识课。它不是坐在课堂上听老师讲,而是让学生真正走出去,到广阔的天地间去,到我们联中的那片试验田里去学习和劳作。我们跟着一位模样就像朴实的农民一样的韩老师,在试验田里观察小麦的越冬、返青、拔节、抽

穗、灌浆直至成熟的全过程;我们给玉米间苗、授粉,培育出新的杂
交品种名曰"联中5号";我们还搞过大豆与荞麦的套种,桃树与杏
树的嫁接;我们也亲自用小刀解剖成熟的马铃薯的根块,解剖完了
的马铃薯就放在事先有意准备好的牛粪火里烤着吃,常常是马铃薯
解剖了一大堆,我们的肚子也吃饱了,一个个吃得乌眉皂眼的,试验
田里弥漫着浓郁的土豆香。我们还观察过花生的落果方式,测试过
玉米叶子的光合作用。那时候我们学得最好的课程大概就是这门农
业基础知识课了。韩老师一边调试着那架古旧的显微镜,一边笑眯
眯地说:"你们要知道,你们将来都是要吃农业饭的,所以我得保证
你们回到村里都能够当上个农技组长什么的。最起码也要当个油坊
的会计或种子站站长吧!"

除了试验田,我们联中在康河的上游还拥有一座不小的试验
山,那简直就是我们的"花果山"。我们每月去那里劳动一次,每一次
劳动也就成了我们的春游或秋游。我们自带干粮和咸菜,一去就是
一整天。开饭时分,遍山烟火缭绕。我们从松林中摘回新鲜的野蘑
菇,到溪涧中摸来螃蟹和鱼虾,到试验田里挖出鸡蛋大小的土豆。干
枯的柴火山上有的是,几块石头一支便是很好的炉灶。这情景实在
胜过最好的野炊。一天下来我们竟情不自禁地问韩老师:"老师,明
天是不是再让我们班劳动一天呢?我们的活儿还没干完呢!"

三

我们联中还有一个传统,就是长途拉练行军。有时候住校的学

生半夜里就把命令分头通知到了各村。无论是春雨霏霏,还是大雪飘飘,只要集合号一响,"多严峻的战斗,我们也不会退后!"就像小说《青春万岁》的那首序诗里写的那样:

> 是转眼过去了的日子,也是充满遐想的日子,
>
> 纷纷的心愿迷离,像春天的雨。
>
> 我们有时间,有力量,有燃烧的信念,
>
> 我们渴望生活,渴望在天上飞……

我记得有一次我们从联中拉练到即墨,队伍成单行一字儿排开,全校学生排了足有六里多地。水壶、干粮袋、红缨枪、喇叭筒,等等,都要带上,个个全副武装,沿途歌声、口号声、军号声不绝于耳。路过一些小村时,老乡们交头接耳,窃窃私语:"这是一支什么队伍?他们要开赴什么地方去?"

有的老大娘还热情地为我们送水、送干粮呢。碰到这样的老大娘,调皮的同学总是学着从电影上看到的八路军的样子,大声地嚷嚷道:"谢谢您,老大娘,俺们八路军不吃老百姓的东西!"还有的同学说得更邪乎:"老乡们,等着我们吧!咱们大部队很快就会打回来的!"女同学在后面听了,也立即接上了:"那敢情好!咱们军民一家嘛!"……拉练的队伍里充满了欢快的笑声。

更有趣的是,队伍中间还准备了十来头小毛驴和一支俨然训练有素的担架队。担架队队员多是从各班里挑出的个头大、有力气的男生。这些男同学的背带上都系着一条新毛巾,威武极了。担架队只

供途中的病号或实在走不动的年龄小的女生享用。我记得每次拉练行军时，我们快板队夸得最多的就是这支小小的却威武的担架队。因为他们常常要流着汗抬着人走路。有一次走到灵山脚下，我饱饮了一顿山泉水，竟再也无力前行了。眼看就要掉队，就要为我们班丢脸，这时，班上的一位姓陈的大哥哥灵机一动，向我使了个眼色，拦下了一头小毛驴，像老鹰抓小鸡似的把我提了上去。我就势哎哟哎哟地装了一次重病号。别人迈步我骑驴，小毛驴甩动着耳朵，蹄子一颠一颠的，好不舒服！

四

说到这位姓陈的大哥哥，我永远也忘不了他。他身材高大结实，年龄也是我们班上最大的。我从不喊他的名字，只叫他大哥哥，所以到现在竟记不起他的名字该怎么写了。他待我的确就像亲生的大哥哥一样，极尽关心和爱护。和他在一起，我觉得什么也不怕了，而且谁也甭想欺负到我的头上来。

有一次班级劳动，要去割青草交给学校沤绿肥。大哥哥把我带到他的村里去。他让我坐在他亲戚家的一个瓜棚里，一边吃西瓜，一边望着人。而他则脱光了上衣，一猫腰就钻进了茂密的玉米地里。太阳快落山的时候，他不知从哪里钻了出来，满身满脸都是泥巴，裤腰里却兜着几个金色的熟透的甜瓜。

我问："大哥哥，咱们的草呢？"

他用那双泥手把我一拍说："已经交上去了，全班你第一多，我第二多。"我又惊喜又感激地为大哥哥摘去他头发上的黄泥。

天黑了,大哥哥怕我不敢走夜路,便又借来自行车把我送到我们村口,看着我走进胡同后,他才放心地转过身,在淡淡的月色下骑着车子回去了。村外的玉米地里传来沙沙的声音,不知道大哥哥他会不会害怕……

但大哥哥不久就含着委屈离开了我们。原因是这样的:那个年月,凡事都讲究家庭出身。如果家庭出身好,当时叫"根子红",自己作为后代就越觉得光荣。大哥哥的爷爷曾经是个小地主,所以公社每次开"斗争大会",便总要把大哥哥的爷爷押上台去批斗。联中的同学都认得大哥哥的爷爷,大哥哥因此在人前总是抬不起头来。更有些自视家庭成分好的同学,常常无端地以此取笑大哥哥。

有一次,有个同学当着众人的面骂大哥哥是"地主阶级的孝子贤孙",把大哥哥惹火了,大哥哥便瞅准机会把他狠狠揍了一顿。哪想到,这个同学的爹正是公社革委会新提拔起来的小头目。消息传到这个小头目的耳朵里去了,这还了得!于是,大哥哥在一夜间便大祸临头,成了"蓄意报复贫下中农子弟的坏崽子"了。就这样,他被人从这间教室推进那间教室,轮番在每个班里做检讨,最后又在全校大会上低着头示众。当大哥哥光着脚板站在晚秋的操场上,哽咽着检讨自己的所谓"坏思想"时,我也在台下难过地低下了头。

那是一个荒唐的年代,全然不顾一个少年的自尊心与承受力。那也是在那片美丽的绿荫下发生的一幕令人心疼的故事!要说我少年的心灵里留下了什么创伤的话,大哥哥的遭遇便是我永难忘记的创伤之一!

大会开完了,大哥哥便被学校开除了。记得当时我和另外一位同学去送大哥哥,他扛着板凳走到校门口时,竟突然趴在那道红墙上放声大哭起来。他的声音是那么凄惨而无助,含着满腔的委屈……

哭完了,大哥哥又抽泣着望着那片落叶萧萧的树荫,然后用低低的声音叮嘱我说,要好好劳动,要把书念好,不要像他这样。临分手时,他又把自己一顶崭新的棉帽子摘下送给了我。

就这样,可怜的大哥哥从联中的绿荫下消失了——他是被那充满了怕与恨的年代所伤害了的一个善良的乡村少年。从那以后,我再也没有见到大哥哥。听他村上的同学说,他回家不久便跟着几个闯关东的人离开了故乡,到遥远的佳木斯林场扛木头去了……

当我听到这个消息时,已是那一年的冬天了。我在联中已经完成一半的学业了。有好几天,我总是一个人跑到通往大哥哥的村庄的那条小路上,心想,会不会突然碰上他呢?但我看见的只有漫天的大雪和空旷的低垂的天空。还有那个我曾经坐过的已经被大雪覆盖了的高高的空荡荡的瓜棚。

有一年,在一个中学生文学夏令营上,我听见一个来自家乡的小女孩唱了一首歌谣《等你捉泥鳅》:

天天我等着你,
等着你捉泥鳅,
大哥哥好不好?
咱们去捉泥鳅……

听着,听着,我突然又想起了我少年时代的大哥哥。我知道,康河还在静静地流淌,春天去了又会回来,大雁年年鸣叫着飞过我们校园的上空。那片绿荫,那道绿荫下的红墙,仍然静静地站立在我心灵的地平线上。但是,我永远怀念的大哥哥,现在你在哪里呢?你生活得好不好?你也该是人到中年了吧?你还记得我这个小弟弟吗?你的身材还是那样高大而结实吗?这么多年过去了,你是怀念还是怨恨我们联中的那片绿荫呢?你该明白,现在的日子毕竟不同于那个时候了啊!

我不知道,今生今世,我还能不能再见到这位大哥哥。无论怎样,我都真诚地祝愿他生活得快乐、幸福!他应该生活得快乐和幸福才对!否则,命运未免太不公平了!

五

一旦回忆起这些旧事来,我的心便剧烈地跳动着,我的感情的潮水也在放纵地奔流着。我的心上,感到了一种沉重的乡愁。我苦涩地想:这哪里是什么闹市弦歌啊!这是我们那一代乡村少年的生命和心灵所不能承受的"重"啊!这样的生活当然没有必要让我们今天的少男少女们再去经历了,但让他们了解一些,还是有必要的。我想起我曾在一篇短文中记下的几句诗来:"我坚信,我如此热爱的一切,绝不会消失得无影无踪——这贫困生活的全部颤音,这不可思议的一腔热情。"我知道,在那片浓郁的绿荫之下,在那些寂寞而匆匆的年月之中,我们唯一拥有的,是那一代少年人的单纯与诚实,以及一颗颗没有丝毫浮华与矫饰的心。

但绿荫不久便随风凋零了。当秋天又一次越过我们校园的红墙,飒飒的落叶飘到我的脚下时,我又一次毕业的时刻来到了。"晚风拂柳笛声残,夕阳山外山。"一起在联中生活和学习了两度春秋的"劳燕",从此将南北分飞了……

遥远的风琴声

三十多年前，我正在家乡的村小学里念书。我的记忆里保存着这样一个画面：由一栋古旧的祠堂改成的校舍前，是一块绿茵茵的小操场。春日的小操场上，阳光灿烂。一群纯朴的乡村孩子——我是其中的一个——正紧紧地围坐在一位年轻而美丽的女教师的身边，她在聚精会神地弹着一架老风琴。那嗡嗡颤动的旋律，好像从远处的山口涌来的一阵阵和煦的风声。孩子们正跟着女教师学唱一首古老的歌，那整齐的童声传得很远……

这时候，农人们正赶着一群牛羊缓缓地走向村外的山岗，他们听见了从操场上传出的风琴声和合唱声，便不由自主地停下来聆听一会儿。羊群也停在那里，咩咩地叫着……白云缓缓地飘过我们的头顶……

就是这样一幅画面，现在想起来，我忍不住要笑出声来了。我还记得，我们当时学唱的那首歌好像就叫《春天之歌》："啊，春天来了，春天来了，它带着温暖，也含着微笑……"

这当然要感谢我们的乔姗老师。她是来我们村"插队"的一位知识青年。她留在我的记忆里的形象，的确是和蔼而美丽的。她的皮肤很白,眼睛大而明亮,身体似乎有点瘦弱,却没有丝毫的病态。冬天里她喜欢围一条大红围巾,春天里则总是系一条白纱巾。她来我们小学教我们唱歌时,我正好读五年级。我们都喜欢跟她上课,尤其是她喜欢在天气晴朗的时候,把我们带到户外那金色的草地上去上课。

她告诉过我们,她的父亲是济南很有名的音乐教师。她从小就跟着父亲学会了弹奏各种乐器。可惜的是,我们的村小学里只有这么一架老掉牙的风琴,要是在阴雨天,那嗡嗡或吱吱的声音,听起来可真像受了潮的风箱的响声。我到如今也没弄明白,这架老风琴是怎么到了我们村小学的,是什么时候就有的。是买来的吗?是谁捐赠的吗?我后来甚至还猜想过,这说不定是当年日本人从我们家乡撤走时留下来的呢!但就是这么一架老风琴,却是三十年前我们整个学区里的一件了不起的宝贝。邻村的好几所小学里都没有风琴,他们充其量只有一把胡琴。没有风琴,不知道他们的音乐课是怎么上的,大概只有跟着老师清唱了。

而我们的音乐课却是有风琴伴奏的。乔姗老师会唱许多歌,能弹出许多首曲子。而且有不少歌曲现在看来显然是不合当时的"时宜"的,属于"四旧"之列的东西,但它们却在我们这所偏远的乡村小学里自由地传唱着。这一方面是出于乔老师的自信、大胆——她好像认定了这些歌是人间最美丽的歌,应该让自己的学生们学一学、唱一唱;另一方面,可能就是方圆几里范围内,真正有音乐修养的人的确不多,他们也许压根儿就分不清什么是该唱的"新歌",什么又是不该唱的"旧歌"。记得我当时学会的歌,既有《快乐的节日》《让我们荡起双桨》《听妈妈讲那过去的事情》等五六十年代创作的歌曲;又有像《毕业歌》《小号手之歌》《红星照我去战斗》这样不同年代的电影插曲；还有一些更老的歌和一些外国歌，则是事隔多少年之后我才知道的。

这些歌，有的当时能够理解，有的则是似懂非懂。好在它们的旋律都很美，它们成了我们这些乡村孩子的启蒙音乐。现在想来，它们的感染力委实是了不起的。多少年了，无论在哪里，只要一听到这些熟悉的旋律，我的脑海里立即就会浮现我们当年的小学校和小操场的模样，浮现乔姗老师闭着眼睛按着风琴、长久地沉浸在她的旋律之中的形象，还有我的同学们，一个个认真地张合着嘴巴，一句一句学唱的样子。是的，当我想起这些的时候，唱歌时的天气、环境和温暖的感受，都聚拢到了我的身边，童年重临于我的心头。

罗曼·罗兰曾经写到过约翰·克利斯朵夫在风琴声里对于大自然的感受："……倾听着看不到的管弦乐队的演奏，倾听着昆虫在阳光下激怒地绕着多脂的松树轮舞时的歌唱。他能辨别出纳虫的吹奏铜号声，丸花蜂的大风琴的钟声一样的嗡鸣，森林的神秘和私语，被微风吹动的树叶的轻微的颤动，青草的温存的簌簌声和摇摆，仿佛是湖面上明亮的波纹的一呼一吸的荡漾，仿佛听到轻软的衣服和爱人的脚步的沙沙声……"

约翰·克利斯朵夫是具有音乐的耳朵和美妙的艺术想象力的艺术家。而我当时虽然不善于歌唱，也缺少那种敏感和丰富的想象力，但也不能否认那动听的风琴声和整齐的合唱声，也确实为我沉睡和懵懂的心灵打开了一扇扇透亮的窗户。歌声和斜阳，琴声和草地，还有白云、羊群、远山……这一切都增添了我的愁思，濡染着我对世界最初的理解和感受。套用帕乌斯托夫斯基的一句话说：对生活，对我们周围一切的诗意的理解，这便是童年时代给我们的最伟大的馈赠。尤其是这三十年前的风琴声，正是给予我的"最伟大的馈赠"。而且所幸的是，经过了这么长的岁月的颠簸和淘洗，我不但没有失去这个馈赠，相反，倒越来越觉得它的伟大与珍贵了。或许，正是它，教会了我如何去认识人生和热爱生活。

但也不是没有遗憾的。当年乔姗老师不仅教会我们唱了许多美丽的歌，而且还手把手地开始教我们按风琴了。我还记得，每当要上音乐课了，我们都会争先恐后地跑到学校那唯一一间教师办公室里，把那架可爱的老风琴轻轻地抬到我们的教室里或草地上。六七个人抬着它，小心翼翼地就像抬着一位娇贵的新媳妇一样。乔老师从最基本的脚踏、手按的动作教起，我们每个人学得都极其认真。虽然我那时总是把"哆、来、咪……"念成阿拉伯数字"1、2、3……"，但毕竟是开始学习第一种乐器了。如果就此认真地学习和发展下去，到我青年或成年之后，说不定已经具备相当的音乐修养和演奏技能了呢！可惜的是，我们仅仅跟着乔老师学了一个学期的风琴，便到了小学毕业的时刻。乔老师也没能听见我们这些做学生的亲手弹出略成曲调的风琴声，倒是先听到了我们齐声合唱的忧伤的"骊歌"。

从此以后，我在音乐上便如过早地断了奶一般，再也没有得到更好的学习机会，以至于到今天，在音乐素养上，我真正变成先天不足，还停留在乡村小学五年级的水平上。这是令人唏嘘不已而又无可奈何的事。倘若今天乔姗老师在远方有知，我想这也许是最让她失望和感到痛心的吧。

记得小学毕业前夕,整个学区还曾组织过一次规模较大的歌咏比赛。我作为学校的合唱队成员之一参加了这次比赛,站在最前面的一排。我们个个都穿着清一色的蓝裤子,上衣是雪白的衬衫,系着鲜艳的红领巾。乔老师在一侧弹着风琴,我们跟着琴声张着小嘴巴使劲地唱着,那认真的样子,可想而知。记得当时还照了相,作为纪念,参加合唱队的同学每人都得到了一张纪念照。这张黑白的大照片我曾一直保存在身边,一直到1982年。但令人痛心的是,那年秋天我大学毕业回家的途中,丢失了一纸箱书籍,里面就夹着这张照片。另外还有一套人民文学出版社1978年版的十一卷的《莎士比亚全集》。这套书当时很便宜,十一卷,也就十几元钱,淡绿色的封面,至今还存留在我的脑海里。这套书和这张照片的遗失,至今想起来仍然令我感到惋惜和心疼。

"遥遥天涯边,芳草知几株。不见春风至,秋雨又满湖。"是的,岁月悠悠,逝川滔滔,该失去的,终归是要失去,任你怎么收集和保存,也是白搭;而值得留存下来的,即使你自己不在意,无言的时间多少总会为你留存下来一点点的。就像这三十多年前的风琴声,童年时代唱出的歌声,它们隐隐约约,断断续续,总是撞响在我的心中。风,吹不散它;岁月的巨剪,也剪不断它。

记得纯真少年时

1975 年秋天,我从村小学毕业后,考上了家乡的联中,继续去念初中了。

那是一个贫穷和寂寞的年代。就像一本有名的外国小说的开头所写到的那样:"这是最好的时代,这是最坏的时代;这是智慧的时代,这是愚蠢的时代……这是失望之冬,这是希望之春……"对于我们这些乡村孩子来说,本来正是闹市弦歌的豆蔻年华,可是我们幼小的生命和心灵却正在承受着我们的年龄所不能承受的重量。

古人说:"人生识字忧患始。"对我来说,人生的忧患是从初中生活开始的。我永远也不会忘记那发生在同一天里的两件事。

1976 年 9 月 9 日,全中国和全世界都会记得这个日子。这一天,全国人民的领袖毛泽东主席与世长辞了! 噩耗传来,我们小小的校园里,顿时响起了一片震天动地的哭声。我记忆最深的是,有好几位白发苍苍的老教师,和我们的老校长一起,抱着刚刚收好的作业本,伏在校园的红墙上痛哭着,好像自己突然失去一位亲人一样,那哭声是那样惊天动地和撕心裂肺。

我们这些做学生的,看见自己的老师都在痛哭,也纷纷自觉地趴在各自的课桌上，呜呜地哭出声来。毛主席的像每天都挂在我们教室的正前方，我们每天都能看见他。那时候每天上课前都要起立，向他老人家鞠躬。现在，毛主席依然那么慈祥地望着我们，望着我们这些因为他的去世而呜呜哭着的乡村孩子，好像正要向我们说出什么抑扬顿挫的话语来一样。

记得《卓娅和舒拉的故事》里曾写到，当他们听到他们的伟大领袖列宁逝世的噩耗时，觉得周围的一切都变样了、黯淡了，这是因为列宁对于他们而言不仅仅是一位领袖，是一位伟大出众的人，他还是他们祖国每个人的密友和导师，在他们村子里和他们的家庭里发生的一切事，全是和他联系着的，全是由他那里发动起来的，人人都是这样想和这样感觉的……这种情形，和我们当时的感受是多么相似。是的，毛主席的逝世，也联系着我们的每一个村庄、每一个家庭、每一个人。

于我个人而言，还有另一重悲哀。9月9日这天上午，我刚刚在一张洁净的、在我看来是那么神圣的团员登记表上按下了自己鲜红的手印。我的入团介绍人，两个神色庄重的同学，也在表格上各自按下了鲜红的手印。这就是说，从此以后，我已经是一名正式的、光荣的共青团员了。我将时刻准备着为祖国、为人民的利益而贡献自己的青春和力量了。那一天，我本是可以沉浸在极大的兴奋和激动之中的。要知道，那时我们村还只有少数几名共青团员，我觉得自己这么小就能入团，是十分值得骄傲的一件事。当时我人还在联中里，可我入团的消息在中午就传到了我们村。村里的那架高音大喇叭很快就播出了这个消息。可是，我的欢乐没有多久就蒙上了巨大的悲哀，高音喇叭里刚刚播出了我的消息不久,惊天动地的哀乐就从天而降了。

那一天,我和联中另外几名刚刚入团的新团员一起,冒着蒙蒙细雨,到山上采回了一大捧金色和紫色的野菊花。我中午就没有吃饭,可我早已忘记了饥饿和疲劳。我们流着泪水扎了一个小小的花环,然后和学校里的一些老团员一起,抬着花环放进了联中师生迅速布置起来的一间庄严肃穆的追悼室里……

直到今天,我仍然坚信,那个小小的、用朴素的野菊花扎成的花环,代表了那个年月里我们这一代乡村少年的纯真和诚实的心——没有丝毫的虚伪和矫饰,一切都是那么自觉和自然。

可是,花儿不久就凋谢了。当秋风又一次吹过我们校园的红墙,飒飒的落叶飘到我们脚下时,我们从联中毕业的时刻来到了。我们一起同享过欢欣、同受过艰辛的少年同学们,就要告别母校、劳燕分飞了。

故乡的七夕

　　农历七夕刚刚过去，我收到了童年的伙伴小月从故乡的来信。小月告诉我,七夕那天,一群青梅竹马的小伙伴,又一次聚集在村东那片玉米林后面的白沙滩上,摆了一桌布的"巧巧面"。除我之外,所有当年的伙伴都聚齐了,也都分吃到了巧巧面。伙伴们问我:什么时候能回去?是不是把故乡给忘了,把乡亲们和伙伴们给忘记了?……

　　捧着小月的来信,我的眼前一下子闪过了童年时过七夕节的情景:朗朗夜色,沁凉如水;纤云弄巧,流萤无声。灿烂的星光下,沙沙的玉米林边,围坐着一群满怀着美丽梦想的乡村少年。远处,白茫茫的大海在闪耀着神秘的海光,隐隐可听见生命的潮声在喧响,从遥远的天边一直传到我们心中……

　　故乡的七夕,我们又叫它"乞巧节"。虽然不像现在有些地方叫的"少女节""情人节"那么浪漫动听,但它留给我的记忆却是那么美好、清晰和久远。

　　传说七夕之夜,是勤劳忠厚的牛郎和美丽善良的织女一年一度相会的时刻。老人们说,当更深夜静的时候,如果你凝神静听,就会听见从"天河"上传来的幽幽的低诉的声音,那是牛郎带着两个可怜的孩子和织女团圆的时刻。到五更时分，他们就又得含泪分别了……

美丽的传说留下了美丽的忧伤，天上人间，代代相传。

后来，每逢七夕，我总会心事重重地坐到半夜，总希望听到从"天河"上传来幽幽的低诉的声音。即使是夏夜乘凉时，也常常这样想。不过直到现在，我仍然没有听到过——当然听不到的。幽幽低诉的声音自然是常有的，但它们都不是来自天上的而是来自人间，来自我身边的亲人们的。

老人们还说，七夕之夜，女孩子们如果在天井里摆上香案，供上瓜果，再用七根丝线和七根绣花针，坐在星光下穿针引线，便会从善织的织女那里乞得心灵手巧的美好品格。不仅女孩子们呢，就是上学念书的小学生们，如果此夜手持纸笔，谦恭而诚实地在星光下揖拜，也会乞得聪颖伶俐的性格。

就因为这，我们那时候对七夕乞巧总是郑重其事，不敢有丝毫的怠慢。是呀，谁愿意自己成为一个手脚笨拙、心灵愚钝的人呢？

小月在信上所说的分吃"巧巧面"，也是乞巧的一种方式。从七夕那天早晨开始，村里的女孩子、小媳妇和小学生们，三五个人组合成一伙，每人端着小瓢儿，满脸含笑地挨家乞得一点点白面、花生、瓜果，然后到一个主办者家里，或到一棵老槐树下，或到一间扫得干干净净的老碾房里——我们那一伙是年年聚集在村东玉米林后面的白沙滩上的——大家分头把做好的各种简易的面食，摆进一个个小碗里……一切准备停当了，天也黑了，星星月亮也升起来了。

这时，大家便轮流对那天上的星星默默揖拜，默念着自己所期盼的心事和愿望。揖拜之后，大家便开始享用这顿真正的"自助餐"，谈天说地，且歌且乐，气氛十分活跃。把各自的心事寄予朗朗的星月，把美好的希望留在纯真的心间，天上地下，心心相通，即使是在艰辛和贫穷的年月里，我们的心中也充满了欢乐与梦想……

小月是我们中间心最灵、手最巧的小丫头，善良又俊美。她不仅书念得好，而且会绣花、会缝织、会做各种草编，是全村人人疼爱的小丫头。我曾问过她乞巧时心里在默默想些什么，她低头含笑，从来也不肯告诉我。

搭不成伙、吃不到百家乞来的"巧巧面"的人，也有办法。他们用自家的面粉做成一种面食，名曰"巧花"，或莲蓬形，或金鱼形，或花篮形，或喜鹊形，或狮子形……都是先用各种木刻模子印好，再在锅里烘烤而成的。这种面食可以放得很久。我十五岁时独自离开故乡到远方求学时，路上带着吃的就是老祖母为我做的半布袋"巧花"。远行人带"巧花"离乡，含有亲人们会年年等你到七夕的意思。那时候我还不知道，这是小月后来告诉我的。

一本书上说：有一些人，在出生的地方他们好像是过客。孩提时代非常熟悉的浓荫郁郁的小巷，同小伙伴们游戏其中的人烟稠密的街衢，对他们来说都不过是旅途中的一个宿站。这种人在自己的亲友中终日落落寡合，在自己唯一熟悉的环境里也始终只身独处。而一旦由于什么原因逼使他们远游异乡，经过了许多年后，作为一个漫游者重新回到他们离开了多年的土地与村庄时，他们才会感到原来只有这里才是自己的栖身之处，只有这里才是他们一直在寻找的家园，只有在这里，他们的心才能够安静下来……

我常常想，我自己，是不是就是这样一个人呢？

那年夏天，我终于有机会回到故乡的小村庄了。村东的那片空地上仍然种着我熟悉的玉米。青青的玉米叶子在沙沙作响。我放慢脚步，仿佛在找寻我的旧梦，在找寻我失落在这里的一切——我的身高、我的体重、我的肺活量，还有我童年的友谊、欢乐与忧伤……

穿过玉米林，我坐在那片白沙滩上。大海的潮声隐隐传来，又一次在我的生命里回响。我的眸子里无声地噙满了热泪。

我看到了当年青梅竹马的小伙伴。岁月也悄悄地改变了他们的模样，但改变不了的是他们的神态、他们的声调、他们的质朴和热诚的心肠。他们一个个都有了自己富足的小家。多年来，他们都在用自己的双手，编织着整个家乡的崭新美好的日子……

坐在伙伴们中间，一瞬间，我产生了这样一个念头：假如当初，我不离开家乡，还和伙伴们在一起，我会变成什么样呢？

我把目光投向那片青青的玉米林。没有谁能回答我。虽然我已经离开了故乡，但我知道，无论我在哪里，故乡永远都装在我的心中。为了感恩故乡，为了昔日的小伙伴们的期待，我会永远好好地生活，好好地热爱这个世界。

永远的心香

婆婆丁花是风雨凄苦的象征
却又总是默默地、顽强地
捧出自己淡淡的生命的清香
它来自大地
又默默地凋谢在泥土里

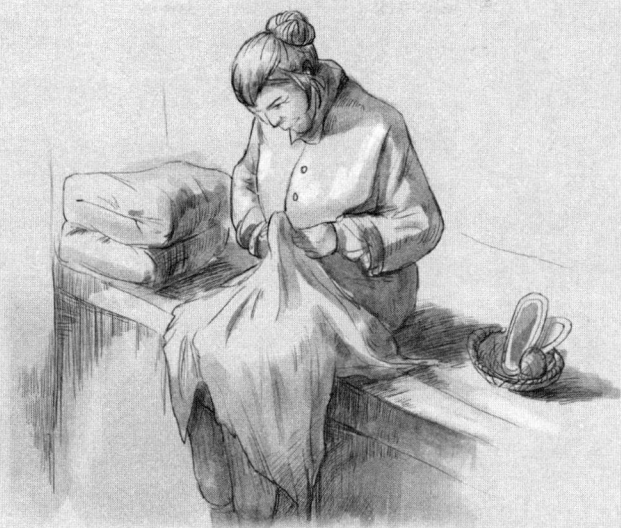

爷爷的打火匣

一

我小的时候，跟爷爷一起生活在一个偏远的小山村里。

那时候在乡下，火柴还是十分珍贵的东西，也很少有盒装的火柴。我们从镇子上的供销社里买回的火柴，都是散装的，可以一两一两地买，也可以半斤半斤地买。售货员用牛皮纸包好你买下的一小堆火柴，然后按照你购买的火柴数量，再给你相应大小的一张可以用来擦火的纸。

回家后，你可以把那张擦火纸剪成一小块一小块的，计划着使用，一直用到把那一大包散装火柴都用完了为止。

火柴这么稀贵，我爷爷就特别节俭，抽旱烟的时候从来不使用火柴，只用自己的打火石和打火镰，这样可以把火柴节省下来，留给奶奶做饭引火的时候用。

我记得，爷爷的打火石和打火镰都装在他那个不知道用了多少年的小小的打火匣里。打火匣里还有一个同样不知道用了多少年的烟荷包，那是奶奶年轻的时候为他做的。烟荷包里装着搓好的烟末。

此外,还有一支小小的银制的挖耳勺,也装在打火匣里。爷爷会经常用挖耳勺清理烟袋锅里的烟油。

爷爷的烟袋杆很长,一头镶着玉石烟嘴儿,另一头是黄铜烟袋锅儿。

长长的旱烟袋和小小的光滑的打火匣,是爷爷最心爱、最离不开的东西,天天都带在身边。

每次他要抽烟的时候,就把这些东西一样一样地拿出来。先在烟袋锅里装满了烟末,用手按紧之后,就把长长的烟袋杆衔在嘴上,然后用打火石和打火镰对着烟袋锅,叮叮对擦两三下,擦出的小火星就飞进了烟袋锅里,烟末顿时就点着了。

如果是在黑夜里,我还能看见打火石和打火镰对擦出的小小的金色火星。

小时候,我还没怎么觉得爷爷的打火匣有多么神奇。现在,我早已长大,爷爷过世也有三十多年了。当然,就算是在最偏远的乡下的小村庄里,也没有人再会使用打火石和打火镰了。这时候,再想起爷爷的打火匣,想起爷爷的那套打火石和打火镰,想起那叮叮对擦的声音,还有在黑夜里擦出来的小小的、金色的火星,我突然觉得爷爷的打火匣是那么的神奇!

也正因此,我是那么怀念我的爷爷,怀念爷爷的打火匣。

二

有一个难忘的画面,常常映现在我的脑海里——

暮色苍茫的山道边，蹲着一位戴着旧草帽的老人。他那曾经非常坚硬的脊背已被沉重的岁月压弯了；饱经风霜的脸上刻满了"生"的艰辛；缀满了补丁的汗褂上濡染出层层汗迹。他的双手结满了坚硬的老茧。他正默默地蹲在那里，随着习习晚风在簸扬着地上的一堆堆干草。细碎的石头落在地上，丝丝干草飘进了他那摩挲得发亮的草篓子里。倘若你再留心，还会发现，这晚秋的古道边已经留下了无数堆这样的碎石，整个山道被这位老人整理得干干净净了……

野草岁岁枯荣，老人年年劳作，大青山古道边常会见到他捡粪、拾草的身影，风里来雨里去，好像永远没有闲下来的时候……

这位老人，就是我记忆中的爷爷。

不知道是从什么时候起，爷爷成了故乡的大青山上的老护林员。

他一个人住在大青山上的一栋小木屋里，常常是一年四季不下山、不回村。村里的老哥儿们想念他的时候，就会三三两两相约在一个晴天，带上老酒和搓好的烟末到大青山上去。两袋旱烟、四两老酒、一支洞箫……老哥儿们的一天就这样陪着爷爷过去了，直到傍晚才点上松明子下山来。

从我记事那年起，我便常常提着水罐和竹篮子到大青山上去为爷爷送汤送饭。有时爷爷背着猎枪遍山转悠去了，我就站在小木屋边的那块大青石上大喊一声："爷爷——回来吃饭啦——"整个青山都会答应我。

不一会儿，爷爷就风尘仆仆地回来了。有时手上还提着他打着的猎物——他打的可都是"害虫"。爷爷说，它们都是山神爷的子孙，有灵性的。

爷爷在小木屋里还为我养过好几只机灵的小松鼠。

有一次爷爷看我恋恋不舍，便让我带它们下山去玩几天。我想了想，便说："不，山上才是它们的家呢，让它们晚上和爷爷做伴儿吧！"

爷爷说："好啊！有出息啦，知道孝顺爷爷了，大青山有福哪……"

三

大青山青了又黄。春天来了又走了。

爷爷还是一个人住在高高的大青山上，舍不得离开山上的一草一木。

那时候，一到夏天的晚上，当我们坐在村外的谷场上乘凉时，总会听见从山那边传来的隐隐约约的洞箫声——那是爷爷吹奏出来的。这时，老人们便会暂停夜话，个个侧耳倾听，好像在听一位老朋友的倾诉和呼唤。那时断时续的苍凉的洞箫声，总是牵动着全村人的心。

听老人们说，那支长长的古铜色洞箫，打从民国时候起，就由爷爷的爷爷传到了他手上，并且像护身符一样一直伴随在他身边。

爷爷吹奏着它，曾经把许多默默长逝的老人送进了大青山的怀抱，也曾经用它为许多受冤的小媳妇吹奏过人生的不平。

日本兵侵占胶东的那些年月里，爷爷被强盗们威逼着，赶着毛驴到东海沿岸去为日本侵略军运盐。有一次，所有的盘缠都被夜劫的土匪抢去了，唯有这支洞箫，他紧紧地藏在贴身衣袖里。八路军来了,爷爷又吹着它走在队伍的最前面……村里的老人说,他还为许世友司令员吹过家乡的小曲。我们不信,就跑去问爷爷。

爷爷一边叮叮地对擦着打火石和打火镰,一边无限留恋地说道:"要是咱今生真的还能再见到首长们,见到那些好人,人家兴许不认得咱爷儿们了,可人家会认得我这个打火匣,认得我这支洞箫啊!不是爷爷夸口,当年咱还为一群山西来的子弟兵吹过《绣荷包》呢!'正月到十五,十五的月儿圆……'唉!都是过去的事喽!那时候,你们这群小蚂蚱,还不知道蹦跶在哪一国呢。"

看得出,爷爷非常珍视自己那段光荣岁月。要不,那年月他怎么会把自己两个孝顺的儿子都送给自己的队伍了呢。

四

秋风起了,大雁排着"人"字形的队伍嘎嘎地鸣叫着飞走了。

不久,冬天的大雪便飘飘降落到了大青山上。

每年冬天来临之前,我总要和奶奶一起在这一年里最后一次上一趟大青山,为爷爷送去御寒的棉衣和过冬的粮食。

当大雪封山,天地连成了白茫茫的一片,爷爷便守着他的小木屋,守着整个大青山度过整整一个冬季。直到明年开春,大雪消融,柳芽儿返青的时候,我才能再看见爷爷。

每当这时,我总会觉得,爷爷又苍老了许多,他的牙齿快要掉光了。

到了爷爷终于走不动的时候,村里人劝说着把他硬背下了大青山。

从那以后，每天我放学回来，便会看见爷爷独自坐在那条又黑又长的小胡同口，一边晒着太阳，一边瞭望着大青山的峰巅出神。我知道，他的心永远地留在大青山上了。离开了大青山，好像让一个老水手离开了大海，他仿佛老得更快了。

我说："爷爷，天快黑了，咱们回家吧。"爷爷仿佛从沉沉的梦中醒来，抬起头说："回来啦？正好，帮爷爷瞅瞅，那西山头的老榉树怎像是少了两棵？"

"爷爷，没少，还是四棵。另两棵叫影子遮住了。"

"我说呢！唉，不中用喽！眼也花了……要是退回个三年两年去，爷爷的眼保敢与山鹰比试比试呢……"他像是在自言自语。

在爷爷离开大青山的那些日子里，我曾经夜夜和他抵足而眠。

有一天深夜，在黑暗的光影里，隐约听见从大青山那边传来了阵阵低沉的松涛声，我突然想起了一个久已萦绕在心里的问题，便问爷爷："爷爷，你真的看见过'山魂'吗？"

爷爷也听见了那一阵阵虎啸般的松涛声。他叮叮地对擦着打火石和打火镰，点上了一袋烟，吧嗒着烟袋锅儿，缓缓地说："那还能有假！"

接着，爷爷便向我讲述了那个"山魂"的故事……

五

那还是爷爷年少的时候。

有一年秋后,他跟着村里的老人们起大早在外乡逃荒。五更天,满野的大雾。走着走着,他们迷失了道路,摸不清方向了,眼前雾蒙蒙一团。

可是就在他们的前面,仿佛有一个忽隐忽现的白色影子在牵引着他们,义无反顾地向前走着。汗水浸透了他们每个人的衣衫,但他们谁也不觉得疲倦……

不知道走了多少个时辰,大雾终于消散了,东方有了微光,他们分明还听见了响亮的鸡鸣声。四处一看,他们惊呆了——那个忽隐忽现的白色影子,竟把他们这一行人引回了家乡高高的大青山顶上!鸡鸣声就是从山下的村庄里传来的,就像亲人们的呼唤。

这时候,有位老人说:"山魂!伙计们,没有错,咱们是遇见山魂了!"

他们这才想到寻找那个引路的白色影子,却怎么也找不到了——当然找不到!于是,他们这一帮穷哥儿们,几乎是同时跪倒在太阳初照的大青山之上,泪流满面……

讲完这个故事,爷爷揉揉老眼说,从那以后,他再也没有看见过"山魂"。但是从那时起,"山魂"便永远装在他的心中了!

当他一个人睡在林涛滚滚的大青山怀抱里的时候;当他半夜里提着昏黄的风灯,巡视着长眠在大青山上的祖先们的墓地的时候……他觉得,那个"山魂",时时伴随着他,给他智慧和胆量……

不久,爷爷就抱着那支长长的古铜色洞箫坐在村庄里那条又黑又长的小胡同口,面对着遥远的大青山,永远地闭上了自己的双眼。

临去世前的一天,他对奶奶说,这些天,他总觉得自己多年前看见过的那个忽隐忽现的白色影子又在他眼前飘来飘去,好像在叫他回到大青山上去……

遵照爷爷的遗愿,人们把他抬上了大青山,埋在朝阳坡上他的那栋小木屋旁边。他入土的礼炮声震痛了全村人的心。大青山是他的母亲,也是我们全村人的母亲。大青山温厚的怀抱将永安着她每一个忠诚的儿孙的灵魂。

爷爷是我们村最后一个看见过"山魂"的人。后来我常常想,所谓"山魂",本无所谓有,也无所谓无。只要你对大青山爱得真切,爱得执着,便是使它常青不老的那个古老的秘密和源泉。一代又一代大山之子的爱沉积起来、组合起来,不正是我们所企望的那个"大山之魂"吗?

愿爷爷在大青山的怀抱里安息。

失去的草篮

我有过一只小小的美丽的草篮。那是爷爷亲手为我编织的,用他那温暖而粗大的双手,用故乡柔软的柳条儿编织成的。那是一个静静的春夜,我坐在院子里,望着那遥远的红色的小月亮,寻找着我熟悉的星星。爷爷低声说:"不要光看天上的星星,你该知道地上的事情了。"说着就用镰刀细细地削着柳条儿,默默地编起草篮来……

后来我才懂得,爷爷为我编织的,不仅是一只小小的草篮,而是编织着一个勤劳又善良的庄稼人对于自己的乡土深沉的眷恋,以及对于孩子们最纯朴的爱与希望。

草篮编好了,爷爷说:"拿着吧,想装什么就装什么。"从此,那只小小的草篮,便成了我最好的伙伴。提着它,我走过了许多春天和秋天,走过了我整个童年,认识了我的祖祖辈辈生生息息的广阔的乡土:我们绿色的田野和山岗,我家乡的每一条道路。小小的草篮,曾装过悄悄死去的小蜜蜂和我为它采来的新鲜的花瓣;装过秋后仅有的榆钱儿和苦苦菜;装过妈妈留给我的唯一一个煮熟的土豆——那是贫穷的年月里最美味的东西!

我爱我的草篮。多少年后,当我怀着丰收的喜悦,再次走过故乡金秋的田野，或者在一个静谧的月夜，沿着故乡的小路向村庄里走着，在月光下幸福地跳过一摊摊美丽又安静的积水……我才明白，我的那只草篮，它所装过的便是我生命最初的最珍贵的爱、欢乐和幸福——那属于我童年的全部的记忆，我贫穷而艰辛的故乡大地上那时候唯一力所能及的赠予。如今，我已不再年轻了。岁月也使我失去了那只伴我一起经历过风吹日晒的草篮，那只草篮，连同那些岁月，连同我勤劳而善良的爷爷——故乡的大青山，成了他最后的安息地……还有那些童年的伙伴——我最初的欢乐和忧愁的见证人，你们都在哪里呢？

我深深地怀念那只草篮。同时，我也在想，将来，不远的将来，我也要做爷爷的，那时我也应该为后来的孩子们编织一些小小的草篮啊！我还相信，将来的孩子们的草篮里，将不只装有蒲公英、小野菊和彩色的小石子，也不只装有美丽的画片和积木。它应该装进更美更多的幻想和愿望——一些我们当年不曾有过的，那是只有未来的孩子们才拥有的东西啊！

为了这个愿望，我正努力工作着，像我的爷爷当年一样，用自己全部的深情、智慧和力量。我仿佛听到了新一代的孩子们的脚步声正从我的窗外匆匆奔过，提着他们各自金色的草篮，奔向属于他们的丰沃的田野。

永远的心香

我十五岁那年,已经远远地离开了故乡,在江南岸边一座古老的小城里念大学了。在一个江南最寒冷的冬夜,当我裹紧身上的旧大衣,听着窗外呼啸的风雪声,含泪默读着艾青怀念大堰河的诗句时,我的眼前,一瞬间闪过了我的老祖母艰辛的一生。

她含着笑,洗着我们的衣服,

她含着笑,提着菜篮到村边的结冰的池塘去,

她含着笑,切着冰屑悉索的萝卜,

她含着笑,用手淘着猪吃的麦糟,

……

没有错,这也正是我那辛苦了一生的祖母留在我童年和少年时代的记忆。我相信,在那贫穷和艰难的年月里,我们中国乡村的许多母亲和祖母都是这样生活着、劳作着,度过了她们悲苦的一生。她们仿佛有无数的希望在她们的前面, 她们又一无所有在她们的前面。她们没有索取半点,却终生无怨无悔。

　　顺着记忆的河流追溯，有一个难忘的画面仿佛画家珂勒惠支的某一幅木刻作品，多少年来一直在我的脑海中浮现——

　　在苍凉的胶东大青山古道边，有过去的年代留下的一片荒坟。

　　荻花萧瑟的黄昏时分，一位白发苍苍的老母亲跪倒在两座矮坟中间，悲伤地呜咽着。晚风吹拂着她稀疏的白发，她痛苦的哽咽声就像从大地深处发出的幽怨的回声，沉重得仿佛可以使长眠于地下的人听见……

　　这位年老的母亲不是别人，正是我的饱经风霜的老祖母。

　　是啊，半个多世纪前的一场战争中，她的两个年轻而强壮的儿子——我从未见过面的两位伯父，都先后为国捐躯了。他们那时候是多么年轻啊！村里的人都羡慕我的祖母，有两个孝顺和勤快的儿子。

　　可是，当日本法西斯的铁蹄踏进了我们的家乡，他们和全村的乡亲们一道，毅然奋起，就像《红高粱》里的"我爷爷"和"我爹"们一样，满身血性和骨气。他们一起告别了母亲和亲人，同村里的年轻人一道，昼夜出没在故乡的青纱帐和深山坳里，最后又双双倒在侵略者的枪刺之下……

　　那时候，没有鲜花和葬礼，只有一把把飘散在寒风中的纸钱……他们活得单纯质朴，死得也悲壮无私。只有我的祖母含着泪水，在一个白茫茫的黎明前，用颤抖的双手，为两个死去的儿子合上了年轻的眼帘。哭完老大，再哭老二。祖母告诉过我，她的双眼，就是那时哭瞎的，眼泪也是那时哭干的……

　　这是祖母留存于我记忆里的又一个片段。

　　我的母亲去世得早。从很小的时候起，祖母就和我们生活在一起。现在想来，她所受的苦真是比谁都多。

我记得有许多个冬夜，等我们都睡下了，老祖母就一边在昏黄的油灯下摸索着为我们纳着鞋底，缝补着我们被山上的荆棘划破的衣裳，一边暗自哽咽、叹息。弟弟妹妹们还不懂事，他们听不见祖母那沉重的叹息声，也不会知道祖母在深夜里叹息什么。可我是知道的。

常常，当我一觉醒来，看见祖母还坐在阴暗的灯影里，朦胧的灯光映照着她那饱经沧桑的脸，映照着她那满脸写着生活的艰辛和悲苦的皱纹……

那时候，多少个寒冷的长夜里，她常常一个人坐到纸窗外发亮，然后默默地起来生起灶火，为我们烘热那冷得像铁一样的衣裳。

后来，我含泪离开了祖母，离开了故乡，独自一人沿着胶州湾向着南方流浪，去寻找我的前程。那时候我把自己的全部心思都用在读书上了。我以为，只有读好了书，才会有"出息"，才能对得起辛辛苦苦把我拉扯大的祖母。

在我离开她的那些年里，她的身体日渐衰老，眼睛差不多完全失明了。但她继续起早贪黑地养育和呵护着我幼小的弟弟妹妹们。她托人给我写信，叮嘱我不要想家，不要挂念她，天冷了要多加些衣裳，不要让城里人骗去了什么。

我不难想象她在故乡所忍受的那些苦楚与辛酸。我把对于她全部的思念，都深深地埋在心底，作为我为了明天的希望而奋斗的动力。

在学校的日子里，我常常觉得，我的祖母时时刻刻都站在我的背后,站在我心灵的最高处,深情地注视着我、期待着我,令我生发了对于生活、对于我正在发奋攻读的学业的全部力量和信念!

然而就在我即将毕业那年的春天,老祖母却与世长辞了!

她过世的时候,我正在千里之外的风雪路上。她临死前喃喃地念叨着我的名字,有一瞬间竟好像听到了我的脚步声从门外传来。但她终于没有等到和日夜思念的孙子见上一面,就默默地走了——同着她一世生活的悲苦与艰辛,同着她数不尽的血与泪的记忆,同着一副薄薄的木棺和几把纸钱的飞灰……

祖母下葬的那天,下了大雪。那是那年的最后一场雪。实际上,春天已经来到我们的家乡,山坡上的杨树已经冒出嫩嫩的芽尖儿了。

我跪倒在祖母的坟前号啕痛哭。她为什么就不能等到我不久便可以毕业,便能够挣钱来孝敬她的那一天呢!她在这个世界上,实在是连一天的福也没有享到啊!

我知道,祖母生前最喜爱一种叫作"婆婆丁"的野花和金色的苦菜花。那是我们家乡贫瘠的山地上最平凡的金黄色小花,春天一到遍地都是。

我捧着一簇婆婆丁花,安放在老祖母的坟头。这是我的一瓣心香——不,这是敬爱的老祖母的永远的心香。婆婆丁花是风雨凄苦的象征,却又总是默默地、顽强地捧出自己淡淡的生命的清香;它来自大地,又默默地凋谢在泥土里……

老祖母就埋在大青山古道边——她早逝的两个儿子的坟旁。她终于可以与自己的儿子们会面了。我仿照鲁迅先生悼念长妈妈的话来歌颂我的老祖母——

　　仁厚而黑暗的我们万物的大地母亲啊,愿在你的怀抱里,永安着我的老祖母善良而苦难的灵魂。

遥远的青纱帐

1931年,《北斗》杂志创刊时,正值"左联"的五位青年作家在上海龙华遇害不久。处于悲痛和义愤之中的鲁迅先生特意从德国版画家珂勒惠支的木刻组画《战争》中,挑选出了一幅题为《牺牲》的作品寄给了《北斗》,作为一种"无言的纪念"。这幅木刻画,画的是一位"被侮辱与被损害"的母亲,悲哀地闭着眼睛,双手交出了她的儿子……

不久,鲁迅先生在《写于深夜里》一文中这样写道:"野地上有一堆烧过的纸灰,旧墙上有几个画出的图画,经过的人是大抵未必注意的,然而这些里面,各个藏着一些意义,是爱,是悲哀,是愤怒……"

每当我看到这幅题为《牺牲》的木刻画,还有鲁迅先生的这段文字时,我就会想起我的老祖母,想到半个多世纪以前,她就是这样在残酷的战争中,悲哀地闭着眼睛,交出了她那两个刚刚成年的儿子……

那是血与火染红了青纱帐的岁月。

听我祖母说,1942年的农历春天比以往哪一年的春天都来得要早。好像是刚刚过了二月吧,积雪还没开始融化,大青山上就透出了绿色,燕子也早早地飞回来了。

这时候,我的家乡胶东抗日根据地的军民们已经看到了自由和胜利的曙光,受尽了日本侵略者凌辱的父老乡亲们心里都明白:小日本鬼子就像秋后的蚂蚱,没几天蹦跶头了。可是,敌人越是临近灭亡,越要做疯狂的挣扎。那年春天,驻扎在南温泉的鬼子,就常常隔三岔五地出来"扫荡",杀人放火,糟蹋大姑娘、小媳妇,无恶不作。

那时候,活跃在我家乡的一支抗日队伍,名叫"大青山抗日自卫队第二支队",由清一色的血气方刚的小伙子组成。听老一辈人说,我的爷爷曾是这支自卫队的第一任队长。后来他的腿受了伤,行动起来不灵便了,这支队伍便由我爷爷的结拜兄弟——一位有名的"双枪手"徐三红大爷指挥。因为徐大爷长着一脸麻子,所以他的外号就叫"麻子红"。

那时候,方圆百十里内,没有谁不知道我爷爷和麻子红的。为了保卫自己的乡土,保护生活在这片乡土上的男女老幼,麻子红率领着"大青山抗日自卫队第二支队"的好汉们,个个都把自己的身家性命别在裤腰带上,日夜出没在大青山的沟沟岭岭之中,出没在密密匝匝的玉米地和青纱帐里,打埋伏、摸岗哨、埋地雷、炸炮楼、截军车……生龙活虎,威风凛凛,让驻守在南温泉的小鬼子闻风丧胆!

听我爷爷说,那时候,麻子红手下其实只有三十来人,一人一支长枪,另有一挺"歪把子",还有两支短枪,归麻子红使用。此外,每次行动时,他们都要自制一些"铁窝头"(麻尾弹),挂在裤腰带或脖子上。

就是这样一支队伍,却成了大青山父老乡亲们最坚强的"守护神";而对于日本强盗们,他们就是"克星",就是"阎王爷"。鬼子们只要犯下了什么暴行,不出两三天,麻子红他们准会以牙还牙、以血还血,找鬼子们算账,从不含糊。

我爷爷在世时,有好几次对我说过:"像你麻子红大爷那样的仗义人,那才叫爷们!小日本算个什么东西!不是俺夸口,当年那个山本一郎小队长听了你麻子红大爷和俺的名字,就会吓得腿肚子转筋!"

看得出,爷爷很为那段"响马"般的岁月感到自豪。

大概正因为他佩服麻子红大爷的仗义吧,所以当他的腿受了日本人的枪伤,不能和这帮好汉们一同奔跑了之后,他又亲手把自己的两个刚刚成年的儿子——就是我的大伯父和二伯父,毅然地交给了他的兄弟麻子红,让他带着他们出生入死,直到最后双双倒在了日本鬼子的枪刺之下!

曾有一段时间,我特别留心寻找和收集有关胶东抗日斗争方面的传说与史料。我查阅过新编的《即墨县志》,也数次到山东省图书馆和山东大学图书馆查找这方面的文献。我的目的只有一个,想多了解一点有关"大青山抗日自卫队第二支队"的故事,哪怕是蛛丝马迹也好。可惜的是,这方面的文字记载太少了。很奇怪,我从胶东历年的烈士名录里,也没有查到麻子红大爷的名字。

但也不是一点没有。例如,我从一本《胶东抗日根据地回忆录选编》中,就看到一篇署名任常先的文章,其中有这么一段话:"四月初,徐三红(外号'麻子红')的河东支队(第二支队)送来缴获的长枪27支,榴弹40枚,另有布匹4卷……"此外,即墨县党史办若干年前整理的一份史料上也有这样的记载:"……五月间,徐三红等十余名自卫队员与离开南温泉的山本一郎小队鬼子遭遇。后突围失利,遂与敌人同归于尽。半个月后,山本一郎小队四十余人,被我河西沿支队(刘德全指挥)悉数歼灭。"这些记载虽然非常简短,但它们留给我的记忆却是极其深刻的。因为我知道,这"突围失利,遂与敌人同归于尽"的自卫队员中,就包括当时还十分年轻的我的大伯父、二伯父。当时正是荞麦开花的时节,我大伯父刚满二十岁,二伯父才十八岁。

听我爷爷说,那天的实际情况是这样的:当时,麻子红本来已经在后山的一条小道上为鬼子们埋好了一个小雷区,不料鬼子们却上了另一片草坡。于是他便命人故意暴露目标,边打边退,想把鬼子们引进雷区。结果时间拖得久了,又引来鬼子的一个大队,于是,麻子红和十来个兄弟陷入了鬼子的夹击之中。打到了擦黑天,他们也没能冲出鬼子的包围圈。最后,麻子红感到自己别无选择了,便大叫一声,带着队员们像饿虎一般扑向鬼子,差不多是一人搂着一个鬼子,连滚带拖,一起滚进了雷区……

那个场面无疑是十分壮烈的。比起史料上记载的,我宁愿相信我爷爷讲的。因为我觉得只有这种死法,才像是徐三红大爷和他的兄弟们的壮举。

总之,威震四方的麻子红大爷就这么死了!他当时还不到四十岁。我的大伯父和二伯父也死了!他们两人就更年轻了。一起死去的,还有南小峨和北小峨两个村庄的另外八名精壮汉子。为了保卫自己的家乡,他们献出了自己七尺的身躯和一生的力气。他们都是躺着死的,死在原本是为侵略者们布置的雷区里。但他们从此也永远站立在了我家乡的父老兄弟姐妹们及其后代的心中,站立在南小峨和北小峨两个村庄的村史里,一个个铁骨铮铮,威风凛凛!

我祖母说,那天天蒙蒙亮,村里村外便响起一片号哭声。全村人都去为这些死去的人收尸。人们把麻子红大爷和他的队员们的遗体一字儿摆在一片草坡上,野地里飞散着纸灰和撒开的纸钱,孤儿寡母们的哭喊声惊天动地……

哭得最惨烈的是我的祖母。她一下子就失去了两个那么好的儿子,两个那么勤快、孝顺、刚刚成年的儿子! 哭完老大,再哭老二,哭了老二,又哭老大……我祖母说,她那双眼睛就是那时哭瞎的。

我的徐三红大爷、我的大伯父和二伯父以及所有死难的先烈们,他们都被掩埋在大青山古道边的高坡上。没有墓碑,也没有花圈。有的只是大青山的一把把黑土——浸透着热血和泪水的黑土,另有一挂挂白色的、高高插起的招魂的纸幡,像风中的一面面大旗,在召唤着那些活在世上的人们。

我知道,从那以后,我爷爷——这位在战争中幸存下来的最后一名"大青山抗日自卫队第二支队"队员的生命,便和大青山紧紧相连,再也没有分开过,直至老死于斯,长眠于斯。也正是这前仆后继、从未向侵略者屈服过的一代代人的生命和魂魄沉淀起来,凝聚而成那个使大青山常青不老的伟大而神秘的"山魂"!

在我的两位伯父去世二十多年之后,我才来到这个世界上。自然,我从没见过我这两位为家乡捐躯的亲人。他们也没留下一张照片。他们的音容笑貌保留在我的祖父祖母的心中。他们的善良、勤快、孝顺和英勇流传在村里的老一辈人的口中。我从小就感受着我祖父祖母和村里的老人们对于我的两位伯父的怀念与颂扬。我觉得在我的身上，也流荡着先辈们的热血。

当我渐渐懂事、开始记事之后，我见过老祖母保藏的那个黑色小木匣，里面有一本发黄的小书。祖母说，那是我大伯父和二伯父留在这个世上唯一的东西。那是一册抗战时期的乡村识字课本。我还记得，那上面写的是当时老百姓人人都知道的"抗日五不誓约"："不念鬼子书，不吃鬼子糖；不对鬼子讲实话，不上鬼子当；不给鬼子带路，不说出抗日干部；不给鬼子一粒粮食；不泄露八路军和自卫队机密。"

从我记事起，这本发黄的小书就和上级发给我们家的"烈士家属"证书放在一起。一直到1977年吧，县上来人收集历史文物，他们把这本小书要走了。我想，这册识字课本应该作为即墨县革命历史纪念馆里的一份陈列文物保存起来。只是，已经过去这么多年了，不知道它最终是否被保存了下来。那书的模样到现在还那么清晰地映在我的眼前。我知道，它也是我的祖母最心爱、最让她看了难受的东西。

小时候让我常常想到两位死去的伯父的，除了这册珍贵的识字课本，就是每年清明节扫墓的时候了。

每年清明节，我们整个学区的师生都会从各个村庄集中到大青山古道边的那个高坡上，为徐三红大爷，为我大伯父和二伯父，为所有埋在那里的先烈祭扫坟墓。我记得那时候那片坟地里的松树都有碗口粗了，那是我爷爷和乡亲们当年流着泪栽下的。半个多世纪以来，每年清明，都有一拨拨大青山的子孙来这里培土上坟。我们抬着用松柏枝扎成的朴素的花环,轻轻地放到一座座坟头上。然后,就听我爷爷和另外几位烈士家属讲述一遍当年徐三红和他的自卫队的故事。最后,我们排着队肃立在这个高坡上,心情沉重地唱一遍"扫墓歌":"成千成万的先烈,为着人民的利益,在我们的前头,英勇地牺牲了……"每当这时候,我就会比别的同学更觉得伤心。我仿佛听到了我祖母当年揪心的哭声,又仿佛看到了我的两位伯父年轻的脸庞。

1990 年夏天,我回过一趟家乡。村里和我祖父年纪差不多的那一辈老人,已经没有几位了。只有住在村西的那位五奶奶还硬朗地活着。听人说,这位五奶奶当年曾为我大伯父提过亲,做过媒人,女方是杨戈庄上的一个俊美的女孩子。可惜的是,我大伯父连人家姑娘的面都没见过,年纪轻轻地就为国捐躯了。五奶奶为此陪着我祖母不知道流了多少眼泪。

我这次回到家乡,当然也要去看看五奶奶。我小时候在村里,她也没少疼我。可我没想到,离家这么多年,五奶奶好半天也没认出我来。旁边的人告诉她,这是谁回来了,五奶奶才拉起我的手,左右端详了好一阵子,连声说:"可不是,可不是,像!真像!这眉梢,这眼神儿,活脱脱就是当年的小成……"原来,她是在说我的长相像我大伯父。这一点,倒是我从没听说过。祖父祖母在世时,也没说过我像我大伯父。大概是那时候我还小,不像;现在我长大了,成人了,就像了。

"多好的兄弟俩哪,多孝顺的两个孩子哪!眼看着就要成家立业了,就那么走了,撇下了亲爹和亲娘,多好的孩子……亏俺那嫂子经受得住……"

　　五奶奶拉着我的手，生怕我跑了似的，抹着老泪，不停地念叨着。这是我在家乡听到的最后一位老人对我大伯父和二伯父的怀念。

奖　状

我相信，无论是哪位妈妈，她第一次把自己的孩子领到学校的那一天，一定是她一生记忆中最美好的日子，所有的妈妈都会记住那一天的。我有过一位好妈妈，虽然她很早就离我而去了，但她永远活在我的记忆里和心灵中。

我上学念书那年，已经八岁了，可我实在不记得妈妈送我到学校那天的情景。如果妈妈现在还活着，我一定要问问清楚，我相信妈妈一定会记得。我努力地想啊想啊，唯一能够想起的是当时我有一个很漂亮的花书包，那是妈妈用从街坊邻居家讨来的各色花布边角拼接而成的。书包里装着一块崭新的带小木框的石板，另有一小捆白色的细石笔——那是妈妈用卖鸡蛋的钱从集镇上为我买回来的。而我的一套崭新的学生蓝制服的前襟上，有妈妈为我别上的一块蓝手绢儿。我想，当妈妈牵着我的手迎着朝阳走向学校时，妈妈肯定是既自豪又依依不舍的——她或许正在担心，今天，她把自己心爱的儿子交给了世界；明天，这个世界将会还她一个什么样的人呢？而我当时的神态一定是又得意又有些惶恐吧。

应该说，我在家乡小学念书的五年时间里，自始至终被每一位老师及村里的大爷、婶婶们视为勤奋用功、好学上进的好孩子。

　　且不说我从一年级到五年级都是班上的班长或学习委员吧;也不说我的学习成绩总是我们班级乃至我们整个学区的第一名或第二名;更不用说,我还是我们那一级的第一位由老校长亲自佩戴上红领巾的学生,并且三次代表学校出席了学区的"三好学生"代表大会……单是我每年放寒假前领回来的奖状就足令许多家长和小伙伴钦羡不已了。

　　我记得我第一次领到的奖品,除了一张奖状外,还有一幅最新的毛主席像和一个漂亮的硬面笔记本,我把它们交到妈妈手上时,妈妈高兴得流着泪把我紧紧地拥进怀里。妈妈在村里一向善良、贤淑和要强,当时她把我看了又看,抚摸了又抚摸,说我是一个争气的孩子。

　　那些奖状,妈妈总在每年过年的前几天,把它们依次钉到墙上,旁边配上年画。正月间,凡来走亲戚的人,尤其是一些长辈,都会看到它们,并无一例外会啧啧称赞我有出息。妈妈默默地从中感到极大的安慰。可以想象,在妈妈的心中,一定浮现着我的灿烂的前程。过了正月十五,妈妈又会小心翼翼地把那些奖状一一取下来,用旧报纸卷好,放进我们家那个大红漆木箱子里,第二年年关时再拿出来……

　　妈妈是生长在海边的渔家女子,一向以能干而赢得村里长辈的夸赞和晚辈的尊敬。春种秋收,为了地里的庄稼,妈妈早出晚归;从来不让队里的人说闲话。现在,站在我心海里的妈妈,仍然是这样的形象:衣襟上沾着泥土,头发上落着麦芒与草屑,蓝布衣服被汗湿得泛起一层白碱……她却把我们兄妹几个收拾得干干净净、利利索索。对于村里孤苦饥寒的人家,妈妈总会尽力周济,即便是素不相识的过路人、逃荒者,她也无不热心相助,诚心实意。

我还记得有许多个冬天的黄昏,妈妈站在晚星升起的旷野上,呼唤我们回家加衣裳的情景:晚风吹起妈妈的衣襟,吹乱了妈妈的头发,妈妈的脸上却充满了对我们疼爱的微笑与嗔怪……

是我十二岁时的那个冬天吧,柳芽儿正在返青时,我独自提着空空的小篮子,在冰雪消融的大青山上奔跑着……

贫穷、艰辛、饥饿的年月,使得一向身体强壮的妈妈病倒了!我是在为病中的妈妈寻找那刚刚发芽儿的苦苦菜。我几次听见妈妈在半夜里对奶奶说:"真想吃一顿大青山的苦苦菜啊……"

在那整个漫长的冬天里,我的心中总是怀着这样一个信念:春天到来的时候,妈妈的病就一定会好的,那时我们大家也都会好起来的!为此,我常常一个人背着家人,冒着大风雪跑到郊外,仿佛在聆听、在等待从冰河那边、从大青山那边传来的春天的脚步声……

但是有一天,当我提着半篮子苦苦菜从风雪黄昏中回到家里时,妈妈却永远地闭上双眼了。她死前竟没能看上一眼亲爱的儿子!她的枕边放着我的小学班主任送来的我刚刚获得的奖品和奖状——一个蓝皮笔记本和一双白色的运动鞋。

从此以后,不公正的命运把过去的岁月所留下来的——我的个人生活和未知前程的最后的退路——和亲生妈妈相濡以沫的联系,彻底地切断了!在我离开这个世界之前,我将永远是一个没有妈妈的人了。人间冷暖,世态炎凉,我既不能诉说于妈妈的耳畔,也不能求妈妈再爱我一次,给我更多的温情、慈爱与鼓励了。

唯有妈妈生前看到过的那些奖状——这是妈妈生前的安慰和死后的希望——还曾一度完好地保存在那个大红漆木箱里。我们都不忍去翻动它们。

爸爸的田野

小时候的很多事情,我已经记不大清楚了。不过,我却清晰地记得,每天清晨爸爸牵着小毛驴去往田野的情景。

小毛驴身上驮着两个大木桶,木桶里装着爸爸要去播撒的种子。

收工的时候,小毛驴还会驮回两大桶清凉的泉水。

那时候,每一天,爸爸高大的身影和小毛驴小小的蹄印,都印在通向田野的那条弯弯曲曲的小路上。

爸爸常说:"小石头,你知道吗?早起的小鸟才有虫儿吃呢!"我牢牢地记住了爸爸的话,每天也早早起来,帮妈妈喂鸡、搬柴草、打扫院子。

有时候,爸爸会带我到田野上去。

我知道,这是爸爸的田野。

田野上留下了爸爸辛劳的汗水和最美好的期盼。

庄稼成熟的时候,成群成群的白嘴鸦和禾花雀会从远处飞过来。它们也知道,收获的季节快要到了。

金色的田野上,站着一些小小的稻草人。

这是爸爸亲手扎起的稻草人。它们在守护着爸爸用汗水浇灌出来的金色的谷子……

太阳快要落山了,小稻草人们还忠实地站在田野上,好像在互相叮嘱:"再守守吧,快要到收获的时候了,白嘴鸦们说不定还会趁着黑夜来偷食呢!"

那时候,从村小学里常常传来这样的歌声:"我们的田野,美丽的田野,碧绿的河水,流过无边的稻田,好像起伏的海面……"

我也常常趁着拾草和剜野菜的时候,去看爸爸和村里的大人们在稻田里插秧。这是暖暖的、亮亮的四月的水田。鹁鸪鸟和燕子都从远方飞回来了……

到了秋天,美丽的田野会给辛劳的爸爸带来丰收的喜报。

爸爸的口袋里,还会给我带回甜甜的金樱子和熟透的野山枣。

妈妈会在秋天的屋檐下挂上一串串金色的玉米,还有一串串像火焰一样红的红辣椒……

我知道,正是有了这片田野,有了爸爸妈妈辛勤的劳动,才有了我们一家人清苦而又富足的生活。

田野上还生长着许多青青的野菜。有苦苦菜、灰灰菜、荠菜,有马齿苋、枸杞头和马兰花,还有一到秋天就张开白色小伞的蒲公英。

我知道,什么季节里它们会在什么地方生长。

我们这一代从小生活在乡下的孩子都是吃着四季的野菜长大的。清苦的野菜喂养了我们的童年,也永远生长在我们小时候的记忆里。

我记住了爸爸说过的话:"放心吧,我的小石头!有了土地和水的恩赐,再加上我们勤劳的双手,我们就会幸福的!"

到了农闲的时候,爸爸会坐在门前的竹椅上,给我做弹弓、编篮子,也给我做风车。美丽的风车转啊,转啊……

这是爸爸做的风车!这是爸爸做的——全村里最好看、最结实的风车。

后来我才懂得,爸爸为我做的,不仅仅是一只美丽的风车;爸爸为我编织的,也不仅仅是一只小小的草篮。他是在编织着一个勤劳又善良的庄稼人对于自己的乡土和村庄的深深的爱,对于自己的孩子深深的爱和最美好的希望……

黄昏的星星,从大山的那边升起来了。

一颗颗蓝色的星星照亮了从村庄通向山外的小路。

晚星升起的时候,小鸟们都飞回了小树林。

这时候,爸爸也会坐在门前,打开他的"故事篓子",给我讲那些古老的、他小时候就听过的老故事……

这时候, 白额雁宿营在安静的芦苇荡里, 小野鸭停泊在浅浅的河汊边。只有小小的风信子,还在凉凉的晚风里,默默开着紫色的花……

爸爸的田野青了又黄,黄了又青……

冬天走了,春天来了;夏天走了,秋天来了;紧接着,长长的冬天又来了……

我记得,在那些漫长的冬天的夜晚,爸爸总是咬着长长的旱烟杆和妈妈一起坐在温暖的土炕上,一边拉着家常,一边听着外面不停刮来的呼呼的风声……

从什么时候起，在什么地方，我看见过一团奇异的白光……

我看到在大山之外，好像是在天边，有一团白光，就像成千上万颗星星聚集在那里，闪闪发亮……

有一天，我问爸爸："爸爸，大山的那边是什么呢？"

爸爸告诉我："大山的那边是平地，平地的尽头又是高山。"

我问爸爸："那么天到哪里是尽头呢？"

爸爸说："问得好啊，小石头！所以你要快快长大，长大了自己去弄个明白。可惜的是，爸爸这辈子是走不出这座大山了。不过，我家的小石头一定会走出这座大山的……"

小河还在故乡静静地流淌。爸爸的田野，仍然是一年年青了又黄，黄了又青……

多年之后我才知道，我小时候看见过的那团白光，是一座比我们的村子更大的村庄，那是城市，是迷人的城市之光……

如今我已经来到城市里生活了，但是我还常常怀念起爸爸的田野和我小时候的村庄。我知道，我的故乡还有一代代正在成长着的孩子。我相信，他们的日子将会比今天更美好。

因为，无论是我的爸爸这一代，还是我们这一代人——我们多少代生命共同的奋斗，都是为着这样一个美好的愿望。

小 姐 姐

沿着村边弯弯曲曲的小路,我呼喊过小姐姐的名字。

在故乡小院里的那道山墙上,我画过小姐姐的样子。

可是,这么多年了,小姐姐,你到哪里去了呢?

听不见她悄悄的脚步声,也看不见她弯弯的、像小月亮一样的眼睛,总是在薄薄的刘海下望着我,疼爱地含着微笑……

那是艰辛和贫穷的年月。那时候,我还很小很小。

辛苦的爸爸生了病,小姐姐和妈妈天天都得去田里劳作。美丽的小姐姐,善良得像一只无助的小羊羔。

"小石头,给你出一道演算题:人,是长大了好,还是不长大才好?"

我记得那一天,小姐姐的双手用力地绞着她自己那长长的、又黑又亮的辫子梢。

小姐姐,你还记得吗?那时候,我最喜欢偷偷地揪你的长辫子,偷偷地把你的两条辫子系在一起。每当这时,你就会轻轻地捏着我的耳朵,故意大声地叫道:"小石头,小石头,看我把你的两只耳朵也揪到一起……"

小学校的钟声,好像天天都在呼唤着小姐姐。可是,小姐姐一年四季都要帮爸爸妈妈干活,她再也不能回到小学校了。

好长好长的日子里,小姐姐收工之后还不肯回家。她喜欢坐在高高的山丘上,望着夕阳慢慢落下山岗。望着红红的晚霞,映照着放学后的小学校……小姐姐,就像被遗忘在傍晚里的一小片云彩。

有时候,小姐姐还会拿起一根小树枝,教我在地上写字。她教我一笔一画地写,一个字一个字地念:"小石头、爷爷、奶奶、爸爸、妈妈、外婆……"

我说:"小姐姐,我还要你教我写小姐姐、小姐姐……"

小姐姐不许我和村里的小伙伴打架,也从来不会让村里的小伙伴欺负我。

如果遇到比我大的孩子欺负我,或者欺负弱小的孩子,小姐姐就会像男孩子一样去给我们"报仇""出气"。

小姐姐,你是我们所有小伙伴的好姐姐!

"人,是长大了好,还是不长大才好?"

可是,还没等我做出这道难题来,小姐姐就匆匆地离开我们,出嫁了……"出嫁"是什么呢?那一夜,我只记得,村外的大风雪就像可怕的巫婆,扯着喉咙呜呜地号叫……

有谁知道,小姐姐嫁到了山外的什么地方去了?就像冬天里一只失去窝巢的小鸟,小姐姐,一个人默默地离开了我们一起荡过的槐树梢,飞走了……

许多年过去了,我也曾经离开过故乡。但是今天又带着一颗愧疚的心,重新回到了故乡的怀抱。

而你,我的美丽、善良的小姐姐啊,你在哪里呢?

沿着村外的小路,我呼唤着你,寻找着你,你在哪里?

回来吧!我童年时代的小姐姐。冬天里失去的一切,让我们一起在春天里开始寻找。

童年的书香

书 的 梦

我很羡慕我的小女儿,才六七岁,就拥有了那么多属于自己的童书。有彩色的图画书,有黑白的童话书,有单本的故事书,有盒装的手工游戏书……有时候,她会一个人躲在自己的小房间里,把她心爱的图书一本本地摆到自己的小床上,嘴里还不停地和它们说着悄悄话。谁也不知道,她在对它们说些什么。

这使我想到了德国一个名叫克罗蒂娅的小姑娘,她也曾经这样想象过:有一天,世界上长出了一棵棵绿荫郁郁的美丽的大树,所有的书,就像红色的樱桃、金色的橘子和褐色的栗子一样,都长在这些大树的树枝上,有大有小,有粗糙的,有光滑的,只要一伸手就可以摘下来。特别是那些最美丽的图画书,它们都长在那些最矮的树枝上,因为只有这样,那些很小的小孩子才可以一伸手,就摘到它们。

看着我的小女儿在认真地摆弄着自己喜欢的那些图书的情景,我也盼望着世界上能够出现更多美丽的长满书的大树,全世界所有热爱书籍的孩子,都能够读到一些美丽的图书。在长满书的大树的绿荫下,所有的孩子,无论是黄皮肤、白皮肤和黑皮肤的,都亲密地相聚在一起……

当然,我也想到了自己的小时候,想起了小时候那些渴望书、却又没有书的日子。那是贫穷和艰辛的年代,充满了饥荒也充满了书荒。对于我们这些生活在乡下的穷孩子来说,更是这样。

那么,果真我的童年里就没有留下一点点书的记忆吗?倒也未必。细细回想起来,还是有一些的。虽然稀少得可怜,但毕竟还是与书有关的。

我念小学三年级的时候,班主任徐老师有一天在我们小小的教室的一角放置了一个只有三层的矮小的小书架。徐老师笑眯眯地说:"同学们都看见了吧?这个漂亮的小书架一共有三层。干什么用呢?当然不是放脸盆的,也不是放粉笔盒和黑板擦的,而是放……对啦,是放图书用的。它的名字就叫三年级'红小兵图书角'啦!"

同学们立刻一阵欢呼。可是……可是图书在哪里呢?徐老师瞅着一张张疑惑的小脸,掰着手指头说:"书,会有的,一切都会有的!我想出了三个办法:第一,我把家里的一摞图书拿出来给同学们传看;第二,从这个星期天开始,我们组织全班同学到大青山上去摘松果、挖半夏,卖了钱就去公社的供销社买一些图书回来,这叫'勤工俭学'嘛;第三,希望同学们各自回家找一找,把能找到的书都带到班上来,登记一下,这样大家可以交换着看,好不好呀?"

就这样,没过多久,我们班的红小兵图书角,就有了满满一小书架参差不齐、新旧不一的图书了。我平生最早读到的一批书,就来自这个小小的可怜的红小兵图书角。我清晰地记得当时那些书的名字,有《闪闪的红星》《高玉宝》《小英雄谢荣策》《小马倌和大皮靴叔叔》《草原英雄小姐妹》《雷锋的故事》《毛主席的青少年时代》,还有厚厚的《红旗卷起农奴戟》《虹南作战史》《艳阳天》《金光大道》,等等。无论如何,它们终究是一本本的书,是一本本印着字的带着插图的,有的甚至是很厚很厚的像小砖头一样厚的书啊!

细心的徐老师为每一本书都包上了书皮。他从家里拿出许多《儿童时代》杂志,每半年订在一起。我当时最喜欢看这本杂志里"万宝全爷爷信箱"里的各种科普小知识。徐老师还叮嘱我们:"这些书可来之不易呀,你们都要好好爱护!真正喜欢读书的人,都是很爱护书的人,可不能蘸着唾沫去翻书。"他的这些话直到今天还影响着我。例如,我从不蘸着唾沫去翻书,还喜欢给一些自己最心爱的新书包上牛皮纸的封皮,等等。

虽然没有《安徒生童话》和《格林童话》,没有《钢铁是怎样炼成的》和《鼓手的命运》,也没有《木偶奇遇记》和《爱的教育》……可是我们在小时候也总算知道了潘冬子和高玉宝,知道了周扒皮半夜学鸡叫,知道了小英雄谢荣策和雷锋叔叔,知道了小马倌和大皮靴叔叔……

现在想来,在那样的年代,在那样的村小学里,你让老师到哪里去为我们找到更好的书呢?再说,即使他能为我们找到更好更多的书,他也不一定敢放开手让我们读呀!他能够想到为我们这群除了当时通用的课本,再也没有一本像样的课外读物的穷孩子创办那么一个小小的图书角,已是尽了他最大的能力了。我相信,那个小小的简单的图书角,在我们这一拨乡村小孩的心田里,都留下了永难抹去的记忆。

那么,深深地感谢了,我的贫穷又艰难的乡村小学!深深地感谢了,我的和蔼可亲却又无能为力的小学老师!

苹果树下的书香

不记得是在哪里曾读到过这样两句诗:"可怜儿女牵衣闹,哭话邻家午饭香。"在我的童年时代,我除了常常馋羡别人家的"午饭香",有时候也非常渴望一些小伙伴所拥有的"书香"。那是贫穷和荒芜的年月,充满了饥荒也充满了书荒。对于我们这些乡下的穷孩子来说,尤其是这样。

那年秋天,我在家乡的社生联中念初一。我的同桌是一个从县城转学来的女孩子,叫谢小芳。她父亲在县城里工作,她住在离我们村有五里远的外婆家里。她那里有好多书。有《林海雪原》《敌后武工队》《小马倌和大皮靴叔叔》《小英雄谢荣策》,还有《卓娅和舒拉的故事》《古丽娅的道路》等。我几乎是仅仅冲着这些书,便二话没说就和谢小芳"好"了起来。她有不会做的作业便问我,我总是不厌其烦地给她讲解。我的语文和数学成绩都比她好,尤其是作文,更在全联中闻名,所以我简直成了她心中的"英雄"。

老师每次布置的作文,我总愿意写出两份,一份留给自己,另一份是代谢小芳写的。我的目的当然是希望从她那儿更多地看到一些书。而她呢,也常常因为全班只有她才有那么多的书而感到自豪,而且也乐于有人像我这样鞍前马后并随叫随到地围绕着她、抬举着

她、恭维着她。例如有的同学叫她"冬妮娅",我就背着同学们对她说道:"冬妮娅有什么不好,人家多爱干净呀!"

谢小芳听了这话,肯定很舒服,扑哧一笑说:"给,这两本书你肯定没看过,可不能让别的同学看到了,就连爸爸也不准我看的!"这两本书确实是我没有看过的,一本是《新儿女英雄传》,一本是《苦菜花》。

我与谢小芳的交往,自然也引起了一些同学的嫉妒。有的值日生还告到了老师那里,说谢小芳每次给我书看,里面都夹着"纸条儿"。对此,谢小芳高傲地笑笑说:"气死他们!"

有一次,她甚至鼓动我把一个背地里说我们风凉话的男生狠狠地揍了一顿。当他向我保证"再也不敢胡说"的时候,谢小芳在旁边骄傲地笑了。那笑声就像保尔·柯察金在湖边揍盐务长的儿子时,冬妮娅发出的笑声一样。

因为书的缘故,我和谢小芳的友谊逐渐加深。有时放了晚学后,我干脆先不回家,而是跟着她一起到她外婆家去,或是补课,或是帮她外婆挑水、扫院子。

她外婆家的小院子里有一棵老苹果树,一到秋天就结满了通红的苹果。有时候,我们就坐在被晚霞映照的老苹果树下,一边吃着苹果,一边津津有味地读着那些厚厚的小说。

一阵阵苹果的芬芳连着美丽的书香,让我常常忘记了回家的时间。等到我揣着厚厚的新书跑回自己的村里时,月亮已经升起来了,村路上已经起了白雾,耳边尽是汪汪的狗吠声……

然而好景不长,刚刚同桌了一个学期,谢小芳就转学走了。我送

给了她一个崭新的笔记本当纪念,而她留给了我一大摞书,有《钢铁是怎样炼成的》《青春之歌》《欧阳海之歌》和《野火春风斗古城》等。她在《钢铁是怎样炼成的》的扉页上,抄上了那段著名的话:"人的一生,应当这样度过……"她的字写得并不好看,但很认真,一笔一画的,一点也不潦草。

我回家后就把这些书一一写上"谢小芳送我的书"的字样,然后仔细地包上书皮,整齐地排列在我的枕头底下。

我就枕着这个高高的书的枕头,闻着阵阵书香,夜夜做着我的书的梦。

现在认真地想一想,我最早读到的一批真正的文学书,正是从谢小芳那儿开始的。她的书,在我的心灵里最早播下了文学的种子——虽然那时我根本没想到自己将来也能够写书。

从那时到现在,一晃三十多年过去了。我常常想起这位相处短暂而交往又那么密切的初中同学,也想念她的善良的外婆,想念那棵结着满树通红果实的老苹果树。

不知道她现在在什么地方,会是什么模样?更不知道,她是不是还会记得一个爱书的男孩,记得那段纯真的、亲密的、使我悄悄靠近了文学的少年时光?

夹壁中的旧书

一本书有一本书的回忆。我在家乡的社生联中念初中的时候,有一次,听村里的老人们说,村西的瞎子满大爷家里有不少旧书

和老书。于是，有一段时间，我三天两头地往满大爷的那栋小草屋里跑。

满大爷早年间和我爷爷一起闯过关东。他会拉胡琴，会说鼓书。每到忙完了三秋，人闲地歇，大雪封山的时候，他那间黑咕隆咚的小屋里就挤满了人。

冬天夜长，大人小孩都愿意去听他说鼓书。他的土炕上蹲满了老哥儿们。他的炕洞里一个冬天都生着牛粪火，炕头热热的，整个小屋里暖烘烘的。这时候正适合听他说鼓书。鼓板一响，往往一说就说到天明时分。《烈火金刚》他一个人连讲带唱能说完全本。当说到书中朱仙镇交战那一段时，他的鼓板又急又狠，再怎么想打瞌睡的小孩也被提起了精神。他的说书艺术堪称我们村老一辈人各种手艺中的"一绝"。

满大爷知道，我是村里新一拨人中最本分和好学的孩子，再加上我平常勤快，常去为他挑几担水，拾几篓子草，所以一到没人的时候，他就会摸索着挪开一个炕头柜，从一个深深的夹壁中掏一些老书出来，让我挑选。

老书虽然不多，但确实是老，老得发黄，有的甚至发了霉。但在那个苦于书荒的年代，这些老书所带给我的却是一阵阵难忘的书香。有些书的样子现在还清晰地呈现在我的眼前。那其实是一些《玄秘塔》《兰亭集序》之类的碑帖。还有一些薄一点的，是"皇历"。但这些旧书中也确有《封神演义》《罗通扫北》《小五义》之类的通俗小说，虽然不是那么完整，却是我最早读到的中国古代与文学有关的书。我的古代文学"启蒙"，应该说是从接触这批旧书开始的。

　　我很奇怪，几次"破四旧"竟没能烧掉这样一些旧书。后来我想，它们大概是我们村当时唯一保留下来的一些秘密的老书吧。我是这些秘密老书的寥寥无几的知情者和小读者之一。

　　满大爷去世后，他那栋小草屋由他的一个远房侄子继承了。那些藏在又黑又深的夹壁中的老书，从此也就与世隔绝了。其实，我也已经不满足于那几本残损的老书，而迷恋着像《苦菜花》《新儿女英雄传》《林海雪原》这样的新的文学小说了。

　　现在，那批旧书当然是早已连同那栋小草屋，和小草屋中的夹壁一起荡然无存了。时光在流逝，岁月的脚步总是向着明天迈进的。然而正是这种前进，才使我至今未能忘怀——曾经藏在满大爷那栋小草屋夹壁中的那些秘密的旧书。

冬　至　的　梦

很小的时候，爷爷就教我们背诵那古老的《二十四节气歌》："春雨惊春清谷天，夏满芒夏暑相连，秋处露秋寒霜降，冬雪雪冬小大寒。"

那时候只知道到了冬至，再过了小寒、大寒，便是我们小孩子所盼望的春节了。长大以后才明白，从地球绕着太阳公转，地面受日光照射的角度来说，冬至这天是太阳运行到了南回归线的极点，北半球昼最短、夜最长；南半球则昼最长、夜最短。过了这天，地球绕太阳的运行就逐渐向北回归线转移了。

冬至前后，大雪飘飘。冬至是一年中最阴森最寒冷的一天。但是那谁也看不见的春天，也就在这一天随着那飘飘的白雪来到了我们中间。只不过她不愿意那么快地与人们见面。但她使一切有生命的，都开始做着自己温暖的梦、希望的梦。果园里的苹果树，白雪覆盖着的葡萄枝，泥土中的冬小麦与草根，地窖里的白菜和树苗，还有冬眠的青蛙和蚯蚓……虽然你听不到它们苏醒的声音和梦中的呓语，但是慈祥而深情的大地母亲却能够感觉到那万物生命的血液的涌动。不信你拨开积雪或扒开泥土仔细地看看吧：黑色的藤条变青了，干硬的树枝变软了;冻土地开始松动了,冰河下面有了哗哗的声音了;细小的草根儿有的已经绽出苍白的芽苞了,地窖里的枝条上吐出了指甲大的紫红色的小叶子——它们好像都已经等不及了。

等不及也要再等等啊。我们糊得严严实实的小窗现在还不能打开。我们插在草垛上和挂在屋檐下的风车还不能摘下来。我们的冬至的梦,还要再经过九九八十一天才可以真正在春天里醒来呢!

这是多么难熬的八十一天! 记得那时候,爷爷的旧墙壁上总会挂起一张白色的梅花图,八十一瓣小花瓣,每过一天,就用朱红色的笔涂红一瓣,一直等到八十一瓣都涂成红色,一树白梅完全变成了红梅,爷爷才会告诉我们:春天这下真的来了,你们可以换下厚厚的棉衣了。

哦,我多么想念那明朗的、温暖的春天! 我更依依不舍地怀念那无数个漫长的冬夜里曾经做过的温暖的梦! 那是雪的梦、花的梦,是梦里的希望。那是绿草的梦,是杨柳和燕子的梦,是渴望着返青和拔节的麦子的梦,是挂在高高的树梢上的风筝的梦,是一夜间就甜透了整个农家的冬米糖的梦……

梦里送走了多少个冬至,善良而勤劳的爷爷也早已安息在故乡的大地上了。但我竟然没能保存下一张那给我留下了深深记忆的由白梅变成红梅的梅花图来。我只依稀记得那写在图画两边的一副对子:"但看图中梅树红,便是门外柳叶青。"

若干年后的某一个冬天,我远离故土,滞留在江南一座陌生的小城里。在一个最寒冷的冬至之夜,我裹紧身上的大衣,听着窗外的风雪声,心里默诵着白居易的诗"十一月中长至夜,三千里外远行人……"这时候,不知道是一种温情还是一片乡愁,使我禁不住热泪盈眶。我在想,在遥远的家乡,一切有生命的,该又都沉浸在那深深的温暖的冬至的梦中了吧! 那么,请你们接受我深深的、遥远的祝福吧!

童谣和游戏

美丽的童谣留给人的记忆是长远和清晰的。多少年来,我的记忆里一直保存着这样一幅动人的情景:

夜更深更静了,奶奶手里还在做着针线活儿,我就躺在被窝里瞪着小眼睛,听她给我唱着一首首好听的歌谣,讲着一个个古老的故事。

在那漫长的童年的风雪之夜,我幼小的心灵在谛听着:老槐树在院子里深沉地歌唱;风卷着雪花飞快地奔跑;就连墙头上的枯草也发出吱吱的声响。大风雪一会儿来推推我们的纸窗,一会儿又来撞撞我们的大门……

不知不觉,我就迷迷糊糊地睡着了。可是,当我一觉醒来时,看见白发苍苍的奶奶,依然坐在橘黄色的灯影里,默默地做着针线活……

后来我才明白,就是在这许许多多的夜晚里,奶奶、妈妈、姑姑,无意中对我进行着最初的"文学教育"。美在有意无意之间,这些童谣和故事让我终生难以忘记。

"拉大锯,扯大旗。姥姥家,唱大戏。姥姥不给饭,够个鸦鹊蛋,烧也烧不熟,煮也煮不烂,急得小孩一头汗。"

这是生长在胶东的人们都熟悉的一首童谣。记得我是在外婆和奶奶的怀抱里学会的,如今回忆起来,几多的疼爱,几多的情趣啊!

关于燕子的歌谣,我记得有这样一首:"燕子姐,燕子妹,送你一床小花被。冬天你别走,就在俺家睡。"

谁家的屋檐下住上了一窝小燕子,那是很让别家的孩子们羡慕的。孩子们喜欢燕子,喜欢温暖的春天,不愿燕子离开。每当燕子们从南方回来时,"俺们的春天"就又来到青青的田野上了。

小说家汪曾祺先生曾说,童谣是一个人最初接触的并影响到他们毕生的艺术气质的"纯诗"。我深有同感。因而也非常敬佩和感谢那些富有童心和母爱的诗人与作家,他们在写作自己的大作品之余,还能想到为孩子们写一点儿歌,这实在是了不起的。

我也非常期望今天那些年轻的爸爸、妈妈,都能够尽量多地为自己的孩子教几首美丽的童谣,使孩子们从短短的童谣中感到一份生活的情趣和人间的爱心,并以此影响到他们今后的个性和气质。

跳房子,也是乡间的孩子们最喜爱的一种游戏。在我的故乡,关于这种游戏的起源,至今还流传着这样一个动人的故事:

据说,当年刘海戏金蟾之后,金蟾不服气,便和刘海打赌,刘海使用法力在地上画了七个白色圆圈,只要金蟾一年内跳出这些圆圈,便让它重新回到水中。刘海在圆圈中遍布陷阱,自以为金蟾跳不出去,便云游而去。当他云游归来,却见金蟾已满身伤痕,奄奄一息地躺在第七个圆圈之外。刘海深感金蟾的毅力,便在最后两个圆圈之间画出一条"仙河",让可敬的金蟾重返水国。后人为了教育孩子们效法金蟾的毅力，便设计出了这种既可锻炼智力，又能陶冶情趣的游戏。

所谓的"房子"，就是预先画在地上的一些白色圆圈。也有画成方格的。三五个好伙伴欢聚在一起，和以简洁的童谣跳起来，其乐无穷。

我记得我的一个青梅竹马的伙伴叫小萍，最会跳房子。是她教会了我跳，还能跳出不同的花样来。但是不久，她就含泪离开我们，跟着她的家人远走他乡了。这是那个贫穷的年月里常常发生的事。就在她离开故乡不久，生活也让我过早地离开了家乡和伙伴，过早地告别了跳房子的童年，匆匆独自踏上艰难漫长的人生旅途了。

我不知道如今小萍在哪儿。算起来她也是早已做了妈妈的人了。假如能够找到她，我想，她肯定还记得我们小时候一起跳房子的情景。

啊，小时候！多么遥远的小时候啊！

我们还能够回到小时候吗？还能够再在某个冬日的下午或黄昏，远远地听见妈妈的呼唤，让妈妈把我们从老磨坊里，从小胡同的深处，从老槐树下，从一个就像鲁迅先生童年时代的那个长满了各种蒿草、布满断壁残垣的百草园般的废园里找回我们，领我们回到温暖的家中去吗？

不，好像不能够了！可是童年的一切，却永远存留在我最温馨的记忆里，使我有时想起它们来，禁不住会双眼湿润，心里头有着无限的温暖。

在我的记忆里，除了跳房子的游戏，还有一种叫"刚均宝"的游戏。

我至今还没有弄明白，"刚均宝"这三个字是什么意思。其实，这就是我们常见的"石头、剪刀、布"的游戏。两人背着手进行，面对面一齐说："刚均宝！"左脚一跺，从背后伸出右手。手形有石头、剪刀、布。拳头是石头；五指伸开手心端平是布；伸食指和中指是剪刀。石头能砸剪刀，布能包石头，剪刀能剪布。以此来判断谁胜谁负或决定先后。

有一次，在我们文学院的开学座谈会上，两位老作家——徐迟先生和碧野先生，当场也是用这种游戏方法，解决了两人谁先发言谁后发言的相互谦让之累，也可见两位老作家真是童心未泯。

常常，当我看着今天的孩子们一心埋头在课本作业中，或者陶醉在电子游戏和电动玩具之中的时候，我就想，如果他们能有机会、有兴趣来玩玩或者学学这些乡间孩子们的游戏，那该多好！至少可以让他们明白，他们的父母亲这一代，在过去贫穷而寂寞的年月里，曾经做过这样一些快乐的游戏，捎带着也可以明白这样一句话："贫穷而能听见风声也是好的。"

新 年 来 了

雪轻轻地落啊,落啊……

落在村外高高的山坡上;落在深深的河谷里;落在空旷的田野上;落在小河边的水磨坊和停止转动的风车上;落在村边的谷场、草垛和电线杆上;落在静静的碾台上……不一会儿,洁白的雪,就盖住了村里所有的屋顶……

这时候,在我们的小村里,在一阵阵淡蓝色的炊烟里,家家都会炒着香喷喷的冬米糖。糯糯的甜甜的冬米糖,一夜间就会甜透整个冬天里的农家的梦。

爸爸说,这是今年的最后一场雪,因为新年快要到了……

大雪停了,天空中飘散出了新年将要到来的气息。

这时候,妈妈总会带着我和小姐姐到县城里去打年货。来来往往的大客车上,坐满了去城里打年货的人,还有从外地赶回老家过年的人。

是呀,谁不愿意过新年呢? 就是那些远在千里之外的人,一到这时候,都会赶回老家和亲人们团聚的。

家终归是家,哪怕它是贫穷的。也许可以没有流油的烤鹅和喷香的苹果,可它毕竟会有一团暖暖的灶火,会有一个充满了一家人的真情的小小饭桌。

当然,还有妈妈亲手做的新衣裳,亲手做的八宝汤圆和红枣米饭;爸爸挂起的大红灯笼;爸爸每年都会裁好大红纸,请村里的那位老先生书写大红春联;还有小姐姐早早就剪好的一幅幅鲜艳的红窗花。小姐姐剪的窗花在全村里都很有名呢。每当要过新年的时候,小姐姐都会教我剪窗花,可是我怎么剪也没有办法剪得像小姐姐那样灵巧好看。不过,小姐姐仍然会把我剪出的窗花,仔细地贴到窗户上。

吃年夜饭之前,爸爸还要带着我们祭奠天地和祖先。爸爸站在前头,我们站在他身后。在大门口,在天井里,在堂屋里,我们对着天地和祖先的灵位深深地鞠躬,默默地致谢,感谢天地和祖先赐给我们幸福和平安,保佑我们在新的一年里风调雨顺、富足安康……

欢欢乐乐地吃完了年夜饭,新年的鞭炮声就在外面此起彼伏地响了起来。这时候,我们全家人就开始"守岁"了。

这是年夜里孩子们最幸福的时刻。每一个屋顶下,都会有这样一个温暖的家。

爸爸说,年夜里的灯火,要一直点到大年初一的早上,等到新年的太阳升起的时候才可以熄灭。我们用这种古老的方式,迎接新一年的到来。

新的年岁会带给我们新的希望,也带给我们新的梦想。

大年初一的清晨,爸爸会带着我在大门口燃放一串开门的鞭炮。

爸爸总是让我亲手去点燃开门鞭炮。他说,当他像我这么小的时候,爷爷也总是让他去点燃开门鞭炮的。

　　在噼噼啪啪的鞭炮声里,妈妈和小姐姐开始忙着包饺子了。妈妈会事先准备好用开水烫过的硬币,还有红枣和煮熟的栗子。分别包成十二只钱饺、红枣饺和栗子饺。

　　妈妈说,谁先吃到这种饺子,谁就有福了,新的一年里肯定会有好运气。

　　不过,无论是谁吃到了这种"幸运饺子",都不会出声的,只要自己心里有数就行了。当然,只要留心观察每个人的脸色就不难猜出,有谁已经吃到了"幸运饺子"。尤其是谁吃到了钱饺,硬币就会在碗里发出当啷的声响。这时候,大家都会恭喜他:恭喜! 恭喜! 好运来了……

　　新年的早晨,家家门外的雪地上,都会留下一片红色的鞭炮碎屑。这是我和小伙伴们最喜欢去的地方,因为在这里可以捡到还没有炸响过的小鞭炮。

　　在这里,我们还可以互相夸耀,谁家放的鞭炮最响、时间最长,谁得到的压岁钱最多,谁的新衣裳、新鞋子和新帽子最好看……

　　不过,大年初一这天是不能出远门的。妈妈说,这一天里也不能随便说话,更不可以说出什么不吉利的话来,也不可以大声嚷嚷。因为大声嚷嚷会吓着回家过年的祖先们安宁的灵魂……

　　于是,我和小姐姐就只好都不说话。我们只能轻轻的一小口一小口地享受着妈妈做的香喷喷的油糕和甜甜的冬米糖。

　　远处的田野和大山还在厚厚的白雪被子下,做着长长的冬天的梦。

　　从大年初二这天开始,家家都可以出门拜年、走亲戚了。每年这个时候,爸爸妈妈都会带着我和小姐姐,来到十几里外的一个小村子里,给外婆拜年,也给舅舅和舅妈们拜年。

外婆说，她最疼我这个小外孙了，所以，每年她都会给我准备好一个红包包，我知道，那是外婆给我的崭新的压岁钱。好久没有看到外婆了，她的牙齿又少了好几颗呢。不过，外婆还是那么慈爱，那么疼爱我和小姐姐。

我知道，我也非常非常爱我的外婆！

大红色的春联，还贴在家家的大门上；大红色的灯笼，还挂在每一家门口，每一个村头。可是，新年的日历，正在一张张地翻过去。

我知道，等到厚厚的日历翻到最后一页，又一个新年，又一个春天，又会悄悄来到我们身边。

我们送走了一个又一个美好的新年。我和小姐姐的童年时光，也不知不觉地远去了。终于有一年，辛劳的爸爸也永远地离开了我们，他不再能为我们挂起新年的红灯笼了。

爸爸不在了，我也不再是一个小孩子了。

现在，我们都已经长大了。

长大了之后我才懂得，新年，不单单是一个万家团聚的节日，更是一个浸润着浓浓的亲情、乡思的感恩的节日。

大地春常在。人间春常在。

我将深爱着这个世界，包括它所有的悲苦；我也将深爱着生活中的每一天，包括它全部的艰辛。

儿时的春节

腊 鼓 声 声

一进腊月的门儿，就有点忙碌着要过年的气象了。首先是腊鼓敲响了。平日里难得听见牛皮鼓声，而一入腊月，十里八村的鼓手们便忙活开了。五人一伙，八人一组，鼓、锣、钹、铙……所有的锣鼓家什儿无论新旧，全都派上了用场。那热烈，那奔放，那派头，那种拼尽全身力气倾吐出自己一年的悲忧欢畅的劲头儿，别提有多威风了，直听得男女老少半夜里睡下了还觉得心房里咚咚作响。也难怪呀，乡下人的乐趣本来就少，一年不就才碰上一回腊月天嘛！

锣鼓队在自己村里敲遍了大街小巷还觉得没有过足瘾，便十里八里地挨村表演。锣鼓队一来，你看吧，队后头跟着看热闹的那些小孩子呀，你就是有天大的本事也数不过来。我永远忘不了自己骑在三伯父的脖子上，小脸儿冻得通红通红的，挤在人缝里去看锣鼓队的场面。在踩高跷的人前面，锣鼓队起了开道的作用。一身披着虎皮的猎人模样的鼓手们，在一位步伐稳健的大爷的指挥下，要急有急，要慢有慢，风风火火，不时赢得一阵阵老少爷儿们的喝彩声："好哇！

106

再来一次！"

打锣鼓的越发来劲儿了。三伯父有时会挤到挥令旗的大爷面前说："五爷，身子骨儿硬朗着呢！三侄儿给您捧场来了！给俺来一段《天门阵》好不好？"大爷一捋白胡子，说声："行啊！你看好了！"

话音未落，令旗向上一指，于是锣鼓上下翻飞，烟尘升腾不息……

每当这时，三伯父总是紧紧攥着我的小手儿，摇着、颠着我说："长吧，长吧，快快长大，长大了也给咱家出个锣鼓手！"

锣鼓队三两天出来一次，直把我们这些小孩子都看疯了。而大人们却在忙活着筹备东西，准备做腊八粥了。腊八粥，当然是腊月初八才能吃的，得有八样东西。我记得那时候我们家年年的腊八粥总是用大米、小米、红枣、豇豆、栗子、花生、豌豆和甘薯丝合在一起煮成的。腊八粥吃起来那个香甜呀，没法说了。

听爷爷说，腊八粥不光是煮给人吃的，家家户户的马牛羊猪鸡狗儿等都得有一份。因为腊八这天，天老爷要派"牛魔王""天蓬元帅"下凡来，专门查看各家是否善待牲畜家禽。它们看到自己的同类也和人一样吃着腊八粥时，便会很满意地回到天上去，让天老爷多多降福给人间。

这当然是个荒诞不经的神话传说，但从中可以看出乡下人对牲畜们的感情。牲畜家禽们对我们乡下人恩重如山，我们也总是把它们敬为上宾。但我们小时候，牛儿马儿都是生产队里的，自家是没有的，所以也从没见过谁给牲畜们吃过那么好吃的腊八粥。那是贫穷艰难的年月，恐怕都是舍不得的吧。

长大后读到一本专门谈论民间风俗的书，上面说到腊八粥起源于这样一个有趣的故事：

朱元璋小时候家里很穷，常常挨饿。一次，他和一群放牛娃到一家庄子里去偷东西吃，东找西找，却什么也找不到，折腾了半天，只在瓦罐下发现了一个老鼠洞。听说老鼠洞里常藏有粮食，他们就挖呀挖呀，终于挖到了一个很富足的鼠仓，里面有大米、豆子、粟米、红枣。于是他们就把这些东西都拣到了一个瓦罐里，在野地上架起石灶熬成了一罐粥。当时肚子实在饿狠了，所以这顿粥的滋味比什么都香甜。后来朱元璋做了皇帝，不用说，成天山珍海味。可是人是个"贱骨头"，好东西吃腻了，他便又想起当放牛娃时吃的那罐子粥来了。于是便吩咐厨子们把杂七杂八的粮食合在一起，又熬了那样的一锅粥。那天正是腊月初八，朱元璋于是就给这种粥起名叫"腊八粥"，并吩咐下去，家家都照着这个样子做起来。

只是不知道，朱元璋坐在龙殿上吃着御厨做的腊八粥时，是不是还像当年那样津津有味。

甜甜的祭灶果

小时候总听大人们说，每年腊月二十三日，灶王爷要骑着灶马到天庭上去，向玉皇大帝报告每家每户的善恶举动。玉皇大帝则根据灶王爷的述说来决定每家每户来年的福祸凶吉。为了祈求来年一家人都能平平安安，少灾免祸，于是在灶王爷上天庭那天，家家都要多多供奉一些祭灶果，尤其要多准备一些甜果，好让灶王爷的嘴变得甜一些,多说几句好话呀。

祭灶果儿给我们苦涩而寂寞的童年留下了甜蜜的记忆。记得爷爷在世时,他的炕头柜里总有个草编的带盖儿的四四方方的饽饽盒。送走灶王爷之后,祭灶果便收进他的四方盒子里。爷爷分祭灶果给我们吃的情景,就像分压岁钱一样,留给我的记忆是长远而清晰的。那是五颜六色的祭灶果,有麦芽糖、花生糖和芝麻糕,还有切成一小块儿一小块儿的枣儿糕、糖冬瓜、山楂片儿、苹果条儿和柿子饼。在我们这一拨孙儿孙女辈里,爷爷最疼爱我这个长孙,所以每年我分到的祭灶果儿最多。但一年里也就这么一次。我总是舍不得一口气就把它们全吃光,便偷偷地藏到只有我一个人才知道的地方,慢慢地享用完。等到这些祭灶果终于吃完了的时候,新年差不多也就到了。

除了祭灶果,我还记得我们家每年祭灶时,还要在灶边贴上一张发了黄的“灶马”画儿,那当然就是灶王爷的“坐骑”了。祭完灶后再小心地把它揭下来,放进爷爷房里的那个黑红色的大木箱子里。如今这张灶马画儿早已不在人间了,如果能留下来,不但可以做我的这篇回忆文章的插图,兴许还有点文物价值呢。

长大后才知道,祭灶是我国劳动人民的一个古老的风俗。灶王爷,又称灶君、灶神或灶菩萨,是民间所尊奉的一个大神,因为他能“受一家烟火,保一家康泰;察一家善恶,奏一家功过”,不可等闲视之。据说一旦让他在玉皇大帝那儿告发了,大错则减寿三百天,小错也要折寿一百日。好厉害哟!祭灶神的供品也不限于祭灶果儿。有钱的人家可以用蒸熟的猪头、煎好的全鱼等。而穷苦的人家则也可以用一碗清水代替祭灶果儿。就像那时候爷爷教给我们的一首童谣所唱的那样："灶王爷，本姓张，一碗清水三炷香。今年小子混得苦，明年再吃关东糖。"说灶王爷姓张，也是长大后才弄明白的。有本书上还说他"状若美女"，其实更像个小白脸儿。大概就因为此，有些地方还有"女不祭灶"的禁条。这是担心自家的大闺女小媳妇会被灶王爷拐到天庭上去了吗？真是多余的担心。倘若真的拐了去，岂不更好？那时候我常常这样想。留在我印象中的灶王爷，其实是个挺家常的神仙。单就他愿意一年四季居留在寻常人家这一点，就不简单。至少我这样认为。

如今，煤气灶代替了柴灶锅台，我怕灶王爷早就无处安身了。祭灶的风俗也几乎失传了。至于祭灶果，许多小孩子已经不知道是怎么一回事了。他们知道得更多的是各种饴糖、果脯和巧克力。这实在是非常可惜而又无可奈何的事儿。

我自豪我们这一代小时候生活在乡下的人，懂得了一种古老而朴素的风俗叫作"祭灶"。我也常常回味我们小时候的一种甜蜜的记忆，来自五颜六色的祭灶果儿。至于将来的孩子们，还能不能知道什么叫祭灶，什么是灶王爷和祭灶果儿，恐怕就很难说了。为此，我愿常常怀念小时候的这些趣事。我相信怀有这种感情的人也不止我一个。因为不久前，我读到诗人邵燕祥先生的一首诗，所写的正是对于"灶马"的一种留恋：

"再也听不见灶马的叫声了吗 / 我奇怪我为什么这么想听 / 灶马叫。是不是我真的不能忘情 / 那烟熏的墙，昏黑的灯 / 只是因为掀开盖帘的时候 / 有一种扑鼻的热气腾腾 / 揭锅的是亲人粗糙的手 /

那时候灶马被嘘得叫了几声 / 贫穷和温饱，灯光和人影 / 还有饭菜香，混合着灶马的叫声……"

何时再得压岁钱

孩提时代，过年最盼望的事也许就是讨压岁钱了吧！欢欢乐乐地吃完了年夜饭，新年的鞭炮声便此起彼落地响了起来。这时候，全家人便会依着长幼顺序去向祖先的灵位行致敬礼，也就是跪下磕头。给祖先们磕完了头，小孩子还得依次给长辈们，特别是给爷爷奶奶磕头。给爷爷奶奶磕头，是每一个小孩子都很愿意的，因为磕完了头便可分到压岁钱了呀！

我清晰地记得小时候向爷爷奶奶讨压岁钱的情景。先是我们这群小孩子都聚集在正屋里，等到爷爷奶奶在炕头上盘着腿儿坐好了，我们便齐声嚷着："爷爷奶奶过年好！给爷爷奶奶磕头了！祝爷爷奶奶寿比南山！"有时拥挤着磕头时，不小心便会互相撞得小脑袋咕咚一响。但这时再疼也不觉得疼了，顾不得了。大家都抢先跑到炕沿下，迫不及待地伸出小手高叫着："压岁钱！压岁钱！"

爷爷奶奶却一点也不着急，好像是在故意磨磨蹭蹭，从身后的炕头柜里端出那个四四方方的饽饽盒儿，一份一份地拿出事先就分好并包好的小红包儿。那里面当然是早就换好的崭新的咯吱咯吱响的钱票儿了。钱不在多，但每人一份，谁也不偏向。这就够了。我们一旦拿到了压岁钱，便呼啸而散，各自躲到一边数钱去了。爷爷奶奶则依旧端坐在炕头上，乐不可支地看着心满意足的满堂孙子孙女，炕上炕下充满了热热闹闹的天伦之乐。

长大之后,我读到了一首题为《压岁钱》的小诗:"百十钱穿彩线长,分来再枕自收藏。商量爆竹谈箫价,添得小娇一夜忙。"写的仿佛就是我们孩提时代的情景。相信那时候每一片屋瓦下,都有这样一个温暖的家,都有这样一份温馨。如今回忆起来,那份满足,那份快乐劲儿,真是难以用语言表达。压岁钱可以由我们自己自由使用。买摇鼓咚,买双排眼儿的小箫,买山楂葫芦,买炮仗,全凭你自己的意愿。当然,懂事的孩子也可留着上学时交学费用。

如今,爷爷奶奶都已过世,这么多年了,再也没有谁在过年时分给我们压岁钱了。这也说明我们都不再是小孩子了。那么,就让压岁钱所带给我们的温馨与乐趣,永远埋藏在我们的记忆里吧。岁月的脚步,总是向着新的日子迈进的。

贴 春 联

又到要过春节的时候了。突然想起鲁迅先生的小说《祝福》里的话来:"旧历的年底毕竟最像年底,村镇上不必说,就在天空中也显出将到新年的气象来……"

在我们所生活的这座城市里,这时候也不必到别处去看,只要到一些老街上去走一走,看一看,那种热热闹闹打年货、备年货的气象,也实在是每年旧历年底必须上演的一幕。

说到打年货、备年货的气象,我倒是十分怀念过去的那种简单和热闹。在我的记忆里,只要时令一进腊月的门槛,就有点忙碌着要过年的气象了。首先是腊鼓敲响了。平日里难得听见牛皮鼓声，一入腊月，十里八村的鼓手们便忙活开了。五人一伙，八人一组，鼓、锣、钹、铙……所有的锣鼓家什儿无论新旧，全都派上了用场。锣鼓一响，一群群看热闹的小孩子就疯了一般地跟着锣鼓队呼啸而去了。大人们就开始忙活着筹集东西，宰杀"过年猪"，等着祭灶了。

中国人没有谁不看重春节的。即使远在千里之外的儿女们，一到春节，无论如何也要赶回老家，和亲人们团聚几天。家终归是家，哪怕它是贫寒的，哪怕它没有豪华的门楣和漂亮的客厅，没有流油的烤鹅和喷香的苹果，但它毕竟会有一团温暖的灶火，会有一个充满了一家人真情的小小饭桌。

春节，是一个万家团聚的节日，也是一个浸润着亲情、乡思和感恩之情的节日。每个人都爱自己的家，尤其是在万家团聚的节日里。一位诗人说："家不是别的，家是一个当你想回去而别人是不能拒你于门外的地方。"

记得我十七岁那年，正在江南岸边的一座小城里念大学。清苦而贫寒的学生生活，还有远离故乡数千里的风雪路程，打消了我回家与亲人们团聚、欢度一年一度的新春佳节的念头。同学们一个个整装回家了，我却独自留了下来。

那是我平生第一次独自一人在外面过春节。而那年的冬天，又是江南最寒冷的冬天。"爆竹一声乡梦破，残灯永夜客愁新。"当除夕的鞭炮声此起彼伏地响起时，我紧紧地裹住身上的旧大衣，坐在凄冷的宿舍里，望着漫天飘舞的雪花，默默地流着想家的泪……

我还记得自己幼年的时候，有许多个春节里，我跟着家人到风雪数十里之外的外婆住的小村里去走亲戚。但每次去时，外婆最怕的就是天快黑了的时候。因为天一黑，我就开始想家了，就会哇哇地大哭大闹想回家，谁也阻止不了。而这时，无论多大的风雪、多黑的夜路，我的舅舅和表哥们总会叹息着连夜送我回家，送我回到那栋低矮的茅屋里老祖母的身边。好像除此之外的任何地方，都不是我的家，都不能像在老祖母身边一样，使我感到温暖和安全。

我爱自己的家。虽然我此后的脚步常常离它而去，奔走在广阔的风雪人间，但我的心却永远没有离开过它。多少年之后我读到过一本书，那上面有一句话，为我深厚的恋家情结做了一个最好的注解：祖国也是一个家，一个放大了的家！一个爱家的人，才可能是一个爱祖国的人。

在我关于春节的一点可怜的记忆里，欢乐往往是和苦涩交织在一起的。

贴春联是中国人特有的文化传统之一。"千门万户瞳瞳日，总把新桃换旧符。"我忘不了年年春节前家家户户贴春联的喜庆景象。再穷再苦的人家，也会买几张大红纸回来，请人写几副大吉大利的春联贴在门上。

在我们胶东乡村，也有这样的风俗：凡是谁家遭丧事而未满三年的话，是不能贴红春联的。那些年，我的爷爷、我的妈妈相继过世，我只能从别人家贴春联的景象里去默默体会一些过春节的欢乐，而又从一年年的羡慕里，感受到和懂得了贫寒之家的冷暖与寂寞。当我们家终于也可以在过年时贴上红春联的时候，我的童年和少年时代却已经离我远去了……

还有村小学里那位为全村家家户户写了大半辈子春联的老师，如果现在他还活着，也该是八十岁以上了。那么，愿这江南早来的春风，能将我的怀念和祈祝带到他的身边。

儿时的除夕

年夜饭当然要吃饺子。小时候我一直是这么认为的。而在南方一些地方，吃年夜饭还有不吃饺子的事，那是我长大以后才知道的。虽然自己亲眼见过，但心里仍然不免觉得奇怪：过年不吃饺子，那叫什么过年哪！

我们家乡吃年夜饭一定得有饺子。为什么一定要吃饺子呢？这里面有一个家喻户晓的故事：

从前，有一只叫作"年"的怪兽，一年四季都住在东海里，只有在除夕之夜才爬上岸来。怪兽所到之处，便立刻发生水灾。人们只得在除夕来临之前，纷纷搬到附近的山上去避难。

有一年除夕，人们正在扶老携幼地搬家避难时，突然村里来了一位讨饭的老爷爷。因为大家都在忙着避难，谁也没有工夫去理会他。老爷爷走遍了整个村子，才碰到一位好心的老婆婆。

老婆婆给了他一块饼，并告诉他这儿所发生的事儿，劝他也赶紧离开这儿。老爷爷听了，却道无妨。他说："老嫂子，你不用怕。只要你肯让我在这里住一宿，我一定把它赶走。"老婆婆半信半疑地答应了他的要求，自己却仍然躲到山上去了。

半夜时分，随着一阵阵巨大的海浪声，年兽果然又来了。但这次年兽却看到村里竟有一户人家，大门上贴上了红纸，院子里灯火通明，门口站着那个白发老头。老头手里正拿着菜刀剁个不停……

这下可把年兽吓住了。原来，年兽什么都不怕，就怕看到红颜色和听到剁个不停的刀声。年兽立刻吓得躲进深海里，从此再也不敢出来危害村民了。

第二天是正月初一，人们从山上回到村里，发现村子安然无恙，都十分惊奇。这时，老婆婆在自己的院子里看见了两把菜刀和一块菜板，门口还贴着大红纸，屋里的油灯刚刚燃尽，而那位借宿的老爷爷却不知去向了。

老婆婆赶紧把这事告诉了村里人。全村人都猜想，那位老爷爷肯定是一位好心的神仙，是特意来替大家消灾降福的，于是便纷纷到亲友家去互相道喜。从此以后，家家户户在除夕这天，都要在门口贴上红纸，也就是现在的春联。而除夕一整天，家家都用菜刀剁馅儿，发出的声音此起彼落，好像都是为了吓走年兽，并且不到掌灯时分便让满屋子里灯火通明，一直守岁到初一清晨……

这当然只是一个古老的传说。但它与劳动人民的喜怒爱憎以及对生活和幸福的美好愿望紧紧地联系在一起了。

在我的记忆里，除夕这天一大早，家家户户便忙着剁饺子馅儿。就连《白毛女》里的喜儿家，那么贫穷，却也还是要买一点白面，包一顿饺子过个年。

我记得，那时包饺子，馅儿的品种是很多的。有驴肉馅儿的，有兔肉或虾仁馅儿的。一般的人家包的是大白菜和猪肉馅儿的。当然也一定要记着剁上一把大葱白儿。过年的饺子不仅要够年夜里一家人吃的，还要准备初一初二全家人吃的分量。所以除夕这天一大早就开始忙碌，一直要忙到傍黑天。家里人口多的人家往往要包好几簸箕外加几锅盖儿呢！

包好的饺子一到夜半就下锅。外面是一片震天动地的炮仗声，里面正热气腾腾地捞着饺子。你想象一下那个热闹劲儿吧，这才叫过年啊！

饺子捞出锅来了，先要盛出几小碗来祭奠天地和祖先。在我家，这种仪式通常是由老祖母主持的，我们跟在后头，虔诚地看着她颠儿颠儿地迈着一双小脚，在大门口，在天井里，在堂屋里，一一供过应供的天神、地神和祖先，然后一家人便可以围坐在炕上吃着这团圆夜的饺子了。

最有趣的是，我们那儿过年包饺子还有个讲究，就是事先要准备好用开水烫过的硬币、大红枣儿、熟栗子各十二个，分别包成十二只钱饺、枣儿饺和栗子饺，分散在那一大碗一大碗的饺子里。谁先吃到这种饺子，谁就是有福的人，来年肯定会有好运气。而一旦吃到这种饺子，往往都是不出声的，只是像哑巴吃汤圆那样，自己心里有数就行了。但看脸色别人也就知道了，于是便有一片恭喜声。记得爷爷在世时，一吃到钱饺，便会往我的碗边当啷一扔，那声音真是妙不可言。

长大了我常常想，在这过年吃饺子时的异想天开的趣俗中，包含着老一辈人的多少取悦祖先、祈求好运的良苦用心啊！谁能说这不是一种文化呢？生活在城市里的孩子们，怕是享受不到这种乐趣，也领会不到这种乐趣了。未免太可惜了！

故园的老树

一

我家老屋的院子里有三棵老树,那是三棵老不死的老树。一棵是枣树,一棵是槐树,还有一棵是榆树。它们都很老了,老得吓人。听老一辈的人说,那是我爷爷的爷爷留下来的。它们历尽了世事的沧桑,尝遍了人间的冷暖。我们村庄的历史,三棵老树肯定知道得最多,记得也最清晰、最牢靠。只是你问三棵老树,老树总是默默无语,就像见惯了世事变迁的老人,一切都埋藏在它们心底。

老枣树是歪脖子的,根在墙里,脖子伸在墙外。夏天里开出米粒大的淡黄色的小花,不久便结出了青青的小铃铛似的果实。秋天一来,熟得通红的枣子挂满了老树,村里的老老少少都能尝到它的甘甜与芬芳。大家一边吃着枣子,一边赞美着果实累累的老枣树。但没有谁知道,为我们留下老枣树的人,是什么样子,他去了哪里。

老槐树的树冠尤其大,好像一把巨伞。巨大的绿荫下,是我们小孩子踢毽子、跳房子的好场地,下雨天地皮也打不湿。我们自然是日日夜夜地恋着它。一到晚上,我的梦中的小鸟,一只一只都飞进老槐树的怀抱里去了，就像小小的蓝精灵，它们躲在密密的叶子下，好像夜夜都在叫唤着我的名字。

但是，有一年夏季，半夜里一声霹雳打来，老槐树被击折了，就像一位巨人被劈下了一只臂膀，裂开的树干露出白花花的新茬，好像还淌着血汁。我们全家都为之落泪。奶奶心疼地说："老天爷！莫不是老槐树的寿限到了？"我们都以为它会死去，可它是一棵老不死的树。第二年春天，从那巨大的伤口边缘又绽出了新芽，长出了新叶，变成了新枝。老槐树的每一片叶子，仍然那么晶莹翠绿，充满生机……

老榆树生长在我家的天井里。爸爸曾经在它的一条横斜的粗枝上为我们搭了一架小小的秋千。秋千一年四季都挂在老榆树身上，结实的绳子上绑着一只光滑的小红板凳儿，可以坐在上面看书、睡觉，也可以坐在上面数满天的星星。

老榆树的力量特别大，只用一只手臂，便把我们这些小孩子一个个从地上托送到天上……冬去春来，大雁飞走又飞回。榆叶落了，秋千独自在风中悠荡，吱吱地唱着老掉牙的歌。有时候上面落满了雪。一到落雪天，爷爷就常常去把秋千板扫干净，还在上面撒一些小米和谷粒，给那些在这里过冬的小麻雀们吃。

二

三棵老树就像三位宽厚、善良的神仙，总是在我们最艰难的日子里无私地搭救我们，帮助我们渡过难关。

小时候家乡的日子贫穷艰难,难得吃到什么水果。可是老枣树那甘甜的果实,却年年给我们留下最甜美的记忆。

白色的槐花盛开在年年的春荒时节,槐花一开,我们便用带钩儿的长竹篙摘下成串的槐花,然后和上红薯面蒸着吃,有一种略带苦涩而又清甜的味道。

老榆树满身嫩嫩的榆芽儿叫"榆钱儿"。榆钱儿也可以蒸着吃,我们的祖辈、父辈在饥饿的年月里都吃过清甜的榆钱儿,也挺好吃。我小时候也吃过榆钱儿。我还拣过榆钱儿,把它们串成一串串长长的项链,戴在脖子上。有时也把这金黄色的项链挂在老榆树身上,系在我们的秋千绳上,让它们在秋风中飘飘荡荡……

我们很感谢三棵老树,是它们帮助我们度过了许多饥饿的日子。我们村有哪个孩子没有得到过老树们的好处呢?风吹雨打,出去回来,三棵多情的老树,或多或少都在我们心上留下了有味儿的永难泯灭的记忆。

三棵老树,又像是三棵结满了故事与歌谣的童话树和智慧树。很久以前,有好多好多的故事,都发生在三棵老树的身边,一辈辈地传下来,永远年轻,永远新鲜。这是我们乡村的历史和文化,总也说不完、唱不尽。

三

关于老槐树,我记忆最深刻的是一首童谣,那是老祖母常常唱起的:"老槐树,槐树槐,槐树底下搭戏台。人家的闺女都来啦,俺家的闺女咋不来？"

这首童谣很美丽，也很忧伤，美丽和伤感都在有意无意之中。尤其是老祖母唱起它的时候，音儿拖得长长的、沉沉的，从老槐树底下传到村口，又从村口传到村外很远很远的地方……

我们都知道，老祖母唯一的一个亲闺女因为饥饿，生下不久便夭折了，这对她的打击是沉重而久远的。哪个女儿不是亲娘身上掉下的肉啊！如果这个姑姑今天还活着，那么老祖母的晚年该是另一番样子了。在我们村里，老年人都是因为自己老了而又常有闺女回家走动而感到自豪，而我的老祖母却没有。所以一听到老祖母夏夜里坐在老槐树底下轻轻唱起这首歌谣，我们就都不说话了。我们都知道祖母想要在这首歌谣里和她夭折的闺女见面。在她的心里，我们的小姑姑是不会死的。老祖母没有死，小姑姑就活着，活在老祖母的心中，从那时直到今天。

关于老枣树，最让我难忘的是爷爷讲的一个故事。那是在他也像我们这么小的时候。有一天深夜，是枣子已经熟透了的秋夜，人们都坐在天井里乘凉，突然听见老枣树上有沙沙的声响，好像有人爬上了枣树，在上面狠劲地摇动，枣子吧嗒吧嗒地落到地上。

爷爷的爷爷说："好家伙，准是老刺猬在偷枣子，不信等着看吧！"果然，不多一会儿，他们从大门缝里看见了两只大得吓人的老刺猬，正慢悠悠地从老枣树上爬下来，然后张开身上的硬刺，在落满了红枣的地上来回打滚。这样，满地的枣子一会儿就扎满它们全身了。孩子们想追出去，老爷爷就说："别管它们了，这是山神爷的子孙，有灵性的，它们也有小刺猬在家里等着吃枣子呢！"

有人说:"跟着看看去,看它们会往哪儿走。"这样,我爷爷便蹑手蹑脚地跟着两只全身扎满了红枣的老刺猬,就着明晃晃的月光,一直跟到了大青山脚下。果然,在一块大岩石下,爷爷看到两只老刺猬进了被草丛遮掩着的一个小洞。笨拙的老刺猬因为身上有枣子,刺缩不起来啦!费了好大的劲儿才拱进洞里,洞口边还挤落了不少枣子呢。爷爷说:"后来,年年都见这两只老得快成了精的刺猬来偷枣子,有时它们看见了人也像没看见一样,心里自在着呢!"

自从听了爷爷讲的这个故事后,秋夜里,我们在外面乘凉,一听见枣树上有沙沙的声响,便常常疑心又是老刺猬来偷枣子了。有时夜黑风高,便不自觉地向老枣树上张望,盼着也能看到那样两只笨拙又机智的大胆的老刺猬来,但从来也没有看见过。那从老枣树上传来的沙沙作响的声音是常有的,枣子吧嗒吧嗒落地的声音也是常听见的,但都不是老刺猬弄出来的。所以我们有时候也不免怀疑爷爷讲述的这个故事的真实性与可信度,觉得这大概是爷爷杜撰的一篇哄小孩子们的童话吧?虽然我知道爷爷并不知道什么叫童话。

类似的故事也在老榆树身上发生过。这是我亲眼见过的,不是童话。有一年秋天的午后,家里没人,只有我一个人生病躺在炕头上。突然听见天井里的老榆树发出咯吱咯吱的声响——好像有人在荡秋千。我不经意地顺着纸窗往外面一瞥,差点把我吓坏了:原来是两只黄鼠狼正攀在秋千架上荡秋千呢!其中有一只似乎还端端正正地坐在那只小红板凳儿上。

我当时十分害怕。因为据说谁要是打扰和伤害了黄鼠狼,那么黄鼠狼必定要找机会报复你的——轻则让你吃一次暗亏,重则会勾走你的魂儿，"附"到你的身上，让你变成乱说瞎话的"疯子"和"痴子"。我就听说过我们邻居家的一位三婶，因为有一次到老草垛边搬柴草，不小心毁了草垛里一窝黄鼠狼的家，不久便被黄鼠狼"附"上了身，好端端的三婶有许多日子整天披头散发地沿街号叫："我是黄仙姑，家在灵山住。天不怕来地不怕……"后来经村里的一位屠夫用桃树枝狠狠地在她身上抽了一通，黄鼠狼才吓得离了她的身体，把原来的魂灵交还了三婶……

这传说想起来就叫人害怕，所以我当时一看见秋千上有两只黄鼠狼，便吓得大气都不敢出，直到听不见动静才从被窝里伸出头来，顺着窗户往外望时，秋千上已经空空的了……

等到家里人从坡上回来，我把这件事告诉爷爷。爷爷捋着胡子说："少见多怪。咱村的哪个老草垛里没有黄大仙、黄仙姑呢？有黄大仙好哇！只是看见了它们，万万不可伤害和惹弄它们。"

这话曾经长时间让我觉得害怕，不是万不得已，我是不敢一个人待在家里的，更不敢轻易地去看墙头，去看光秃秃的老榆树，尤其不敢一个人从老草垛边走。我怕我的魂灵也被这神秘的"黄大仙"勾了去。

四

离开家乡许多年了，我常常怀念起三棵老树。这是三棵老不死的生命树。它们坚韧、顽强、不屈不挠，既有沉重的叹息，更有不朽的新绿。

123

　　三棵老树,什么世事没见过呢?谁能够读懂三棵老树的年轮?谁又能够破译三棵老树的生命的秘密?那么,请你们英勇地活下去吧,我年老的枣树、槐树和榆树!敞开你们宽厚的怀抱,去拥抱那更新更美的岁月。

外婆的大海

一

外婆，我们那儿叫"姥娘"。姥娘的家在胶东靠近大海的一个叫七沟村的小渔村里，离我们家很远。童年时，因为每家的日子都不好过，妈妈很少带我们去姥娘家，只有当新麦子打下来，或者过年的时候，妈妈才会让我们穿上新浆洗好的每走一步都会窸窣作响的衣裳，提着盛满香喷喷的新麦面馇馇的竹篮子，到七沟村去走亲戚。每次去，姥娘总是喜欢得合不拢嘴。

记得那时姥娘家的天井里有一棵挺大的石榴树，我们每年去看姥娘时，她总会笑吟吟地颠着一双小脚，颤巍巍地去摘几个石榴给我们，哪怕是还没熟透呢，她也会毫不犹豫地摘下来，让我们拿着玩耍。那是那些年月里她唯一能做到的。再就是搬个小凳儿，让我们坐在她跟前，看她和舅母们一块织渔网。姥娘的梭子穿得真快，看得我们一愣一愣的。临走时，姥娘还会用多色的网绳为我们每人织上一个小网包。背到学校里，同学们见了，个个都很羡慕。

虽然这样，我仍然一直给姥娘留下不好的印象，那就是我一去姥娘家便开始想家。我从小跟着爷爷奶奶长大,每次去姥娘家时,最怕的就是天快黑下来的时刻。天一擦黑,我就坐立不安,有时会大哭大闹要回家,谁也阻止不了。春天、秋天里还好说,天黑了,就着月光回去就是。最怕的是春节时去姥娘家,冰天雪地,怎么能够连夜回去呢?但是不行,我会哇哇地哭闹着,让姥娘看着听着揪心啊!这时,无论是多大的风雪、多黑的夜路,舅舅和表哥们就会叹息着连夜送我回家,送我回到北小峨村那栋低矮的茅屋里的老祖母的身边,仿佛除此之外的任何地方,都不是我的家,都不能留下我。常常,舅舅和表哥们踏着没膝深的大雪,背着我,一步一步地走过几十里山路把我送到家时,已经听到鸡叫头遍了。

那时候,姥娘又想我去看她,又怕我去看她。记得有一年正月初三,我哭着要回家,姥娘气得流着泪吩咐二舅:"快点把他送走吧,再也不要让他来了,俺就是老死了也不用他来看,就当白疼了这个外孙一场吧!"现在想来,我童年时的这种奇怪的"恋家情结",确实是伤透了姥娘的心了。要知道,那时她已是七十开外的人了。

二

姥娘年轻时就已守寡。我从来没有见到过姥爷——我的外祖父。但童年时我多次听姥娘讲过大海上的故事。什么海神娘娘啦,刘公公啦,还有八仙过海,等等。我曾经多次在脑海里想象过外祖父的形象。那该是胶州湾一带最强壮的渔村汉子。他们在海边出生,在海上长大,每天迎着东方的日出走向白浪滔天的大海,搏击在惊涛骇浪之上。他们是大海真正的儿子,但是他们和千百年来祖祖辈辈的渔人一样,并不是每天清晨出海后都能够在黄昏时候平安归来。尤其是在大海变幻无常的季节。

就是在一次谁也不曾料到的突起的海上风暴里,我的外祖父和同船的十来个兄弟一起遇难了!姥娘和其他死难者的家属苦苦地站在海边等了多日,但听见的只有汹涌不止的魔鬼般的风吼海啸声和海鸟的一阵阵凄厉的鸣叫声。他们再也不能看到自己亲人那缓缓驶近的熟悉的桅杆和帆影了……

可以想象,那些强壮的、从来也不肯向大海低头的汉子们,他们肯定是拼尽了最后的气力,搏斗过、呼喊过、挣扎过。他们甚至在生命的最后一刻,肯定也想象过站在海边的妻儿老小们那祈望着大海的身影。但大海多情而又无情,他们活生生地被吞没了。留下来的便是几代人的孤苦与怀念,以及对于世世代代在海上劳作、生存和死亡的人们无尽的启示——激励着他们的后代从海滩上含着泪水站起来,重新抓紧手中的双桨……

童年的想象和记忆是深刻的。当我长大成人之后,我读到了帕乌斯托夫斯基的《金蔷薇》。我读到了那一块矗立在一个古老渔村近旁的巨大的花岗石上的那行古老的碑铭——那也是世世代代与海洋为伴的渔人们亲手刻下的悲壮的碑铭:"纪念那所有死在海上和将要死在海上的人们。"

这行碑铭是那样醒目,使每一个自陆地走近大海的人都能够远远地望见它。一位作家从中读出了一种人类顽强精神的悲壮的呼唤。他说:"忧伤吗? 不,恰恰相反,这行碑铭对于我们应该有着这样的意义:纪念那些征服了大海和即将征服大海的人。"

当我读到这里,我的眼前一瞬间也闪过了我从没见过面的外祖父的身影。我的全身心为之战栗!我同时想到:多少年来,我白发苍苍的姥娘——以及所有像姥娘一样坚强活下来的人们,他们雕像一般站立在苍茫的大海边,面向起伏不息的波涛,而他们的背后,站立着更为年轻的一代手握双桨的大海的子嗣……他们——这个面对不幸的命运而永不屈服的群体,是不是我们心中更为悲壮动人的活着的纪念碑呢?

三

我十二岁那年,妈妈早逝,永远不再回来了。我们到姥娘家的机会更少了。姥娘常常托人捎信来,让我们到七沟村去看看她,说她天天惦念着我们兄妹几个,做梦也总是梦见我们这几个没娘的孩子流落到了街头……但那时我正在上学念书,弟弟妹妹们又小,我们终于没能去看看姥娘。

后来听一位表哥说,那几年春节,几位大姨家的表哥表妹们都结伴去看姥娘,独不见我们兄妹几人。姥娘常常半夜里坐在村后的海滩上呜咽着,哭诉着我们的母亲不该那么早地离去……

又过了几年,家乡的日子实在过不下去了,我决心要离家出去闯荡几年,便最后一次去看望和辞别了姥娘。自妈妈去世后,姥娘老得更快了,牙齿全部脱落了。她紧紧地拉着我的手说:"真的是非走不行了?说走就要走了吗?俺这一辈子怕是再也看不见你了。"我擦着泪水说:"姥娘,您可要使劲儿活啊! 我忘不了您常说的那句话,'三辈儿也不应忘了姥娘家'的。等我以后挣了钱,就回来看您,给您养老……"我在一片哭声里辞别了姥娘一家人,踏上了生活逼使着我非走不可的远走异乡的道路。

这一走就是十八年! 整整十八年,我为自己的前程而奔走,而与姥娘一家音讯杳然。但我时时刻刻也没有忘记她老人家。我的心中总是回响着大海和海边的亲人们对我的召唤,尤其是当我孤独、委屈、受到了伤害,或者万家团聚的时刻。

四

十七岁那年,我正在江南岸边的一座小城里念大学。那时候我已经无法知道我的姥娘是否还活在这个艰辛的人间了。临放寒假前,我一度想过要回胶东一趟,去看看老家仅有的亲人们。但是,清苦贫寒的生活境遇终使我无法弄到一笔车船费用,最后不得不又一次打消了回故乡的念头。同学们一个个整装回家了,我却独自留了下来。

那一年的冬天,是江南最寒冷的冬天。"爆竹一声乡梦破,残灯永夜客愁新。"当除夕的鞭炮声此起彼伏响起的时候,我坐在凄冷的空荡荡的宿舍里,紧紧地裹着从家乡穿出来的一件旧大衣,听着窗外呼呼的风雪声,脸上流淌着思乡的热泪……

那几天,我从早到晚沉浸在对于姥娘和家乡的亲人们的思念之中。我回想着我的短暂而艰辛的童年时光,回想着在姥娘身边度过的些许的日子。

我想到了她那苍老而慈祥的脸，一双颤巍巍的小脚，她那已经掉光的牙齿，吃饭多有不便，因而总是紧抿着嘴唇咀嚼食物的样子；我也想起了她满头的白发，她拄着拐棍儿站在村边的玉米地旁，朝着海滩呼唤我回去加衣裳的声音；想起了在我妈妈病重的日子里，有一天，她冒着大风雪，让舅舅用手推车推着她来到我们村，最后看了一眼自己的亲闺女。当姥娘和妈妈抱头痛哭的时候，我站在一边也放声号哭……

我还想到了在那贫穷饥饿的日子里，有一天，妈妈让我到姥娘家去借一点白面，为了招待派饭派到我家的王老师。那一次，姥娘还从包了好几层的一个小手绢包里，拿出了她不知道积攒了多少日子才攒出的两毛几分钱，让我路过皋玉镇时，为自己买一本我渴求已久的方格本……

我一边回想着这些情景，一边默默地流淌着泪水。怀念姥娘的恩情使我的心灵焦灼难安！我枯坐在雪花飞舞的窗前，默默地做着千次百次祈求："姥娘，愿您仍然活在这个世上，活在家乡，等着我能够回到您身边的那一天啊！"

"没有天哪有地，没有地哪有家，没有家哪有你，没有你哪有我……"我还想到了当时非常喜欢的这首伤感、朴素而又充满真情的歌。

五

1990 年夏天,我终于能够回到离别了十几年的家乡了。我凭着童年的记忆寻找着,用不太习惯的乡音打听着,终于走进了魂牵梦萦的七沟村时,许多人已经不知道我是谁了。我向一位年老的人说出了我的乳名儿,老人默默地想了半天,突然跳了起来:"老天爷啊,你是崔家老嫂子的外孙!你还知道回来呀!你可把你姥娘想死了!"

"怎么,我姥娘她老人家还活着?"我惊呆了。

"快九十岁了!就等着你回来看她的这一天哪!快走,俺带你去!老嫂子没有白等,没有白等哇!"

姥娘是快九十岁的人了,她真的是老了,头发全白了,那么稀疏;眼神已经不好使了,但还能依稀认出我的模样。当她摸索着端详了半天,认定了是我之后,她用手捶打着我,摇晃着我,泣不成声。她紧紧地抓着我的手不放,我扑通一声跪在地上说:"姥娘,您打我吧,狠狠地打我吧,我这十几年来多想挨您一次打啊!我不是姥娘的好外孙……"

但姥娘终究是姥娘,哭过、怨过之后,她更扯着我的手不放了。她是怕我又会匆匆地离开她。我说:"姥娘,这次我跑不了了,您放开手吧。小时候的好多事儿我都忘了,可有一件我还没忘,那就是我每次想家、哭着要回家时,都会气得姥娘骂我是'一条养不熟的狗'。今天您就是拿拐棍赶我走,我也不走了!"

姥娘很费力地听明白了我的意思后,竟咧着早就没了牙齿的嘴儿,像小孩子似的笑了:"真的不想家?不走了?愿意和姥娘住在一块儿？"她好像还不放心。我说："我没有家了,姥娘的家就是我的家……"

在故乡的日子里,我尽量每时每刻都和姥娘待在一起。白天,我搀着她老人家到海滩上走走。她说:"打你走后,俺就不愿来看海了,眼也花了,看不清海的颜色了。"姥娘的拐棍不住地点着海岸上的沙砾,那真是"留下脚印两对半"了。除了看海,姥娘还让我搀着她,挨家挨户去看望那些小时候曾经给过我好处的村里的老人和小伙伴。看得出,姥娘在人们的一片唏嘘声中,又是伤感又是高兴。她用她快九十岁的年纪赢得了整个七沟村的老老少少的尊重,同时好像也宣布了她的胜利:她终于盼回了自己苦命的又争气的外孙。

晚上,我就和姥娘一起睡在她的土炕上。前半宿我陪她说了好多好多话后,她便不知不觉地睡着了。我睡不着,一会儿看看书,一会儿又看看像孩子似的张着嘴睡得正沉的姥娘。到了后半宿,我睡着了,姥娘又醒了。她一会儿为我掖掖蚊帐,一会儿为我打打蒲扇,轻轻地好像还在哼着歌谣。我装着还没睡醒的样子,仔细地分辨着她那若有若无的声音。听着,听着,我想起来了,她唱的是我小时候听她唱过的那首童谣《扯大锯》:"拉大锯,扯大旗。姥娘家,唱大戏。姥娘不给饭,够个鸦鹊蛋。烧也烧不熟,煮也煮不烂,急得小孩一头汗……"

姥娘唱着,唱着,便流出了老泪。泪水滴在了我脸上。我连忙坐起来,安慰她说:"姥娘,您刚才唱的歌我听到了,您唱得跟我小时候记得的一模一样。"姥娘说:"唉!俺这是欢喜哪!俺才睡下,就迷迷糊糊地做起了梦,又梦见了你那没福气的娘,俺那短命的闺女啊!她咋就年纪轻轻地撇下几个孩子走了呢？要是她能活着，能看见你们都长大了，那该有多欢喜哪……都是命哪！该死的不死，不该死的偏偏早死，让俺活这把年纪做什么呢……"

我说："姥娘，您看您说哪儿去了？依我看哪，您还得继续活，活到一百岁，不，活到长生不老，好让我把离开您的那些年月补回来，您说好不好呢？"

"好倒是好，可俺明白哪！俺寻思着，你们公家上的人，都是忙呀忙的。再说你回来一趟，好几千里地，得多少路费呀！姥娘是早该入土的人了，说不定明后天两眼一闭，就什么也不知道了。你这次回来了，让俺看上了这么多天，俺死了也就省心了。俺寻思着，你哪会整天待在姥娘身边呢？还是少回来的好。等俺哪天入了土，你们回来哭一回姥娘，俺也就心满意足了……你说，姥娘这话说得好不好？"

"好！好！"我噙着泪水望着将近九十岁的姥娘说，"姥娘，您真好啊！"

六

我在家乡仅仅住了两个星期，便不得不离开姥娘，继续去为自己的事业奔波了。我不忍心明明白白地告诉姥娘，说我又要去那天南地北了。我只是说，等我到青岛开完会，我还会折回来，以后争取把安在江南的家搬到姥娘的身边。

但姥娘心里是明白的，明白我此去便说不定啥时候还能回来，兴许就此一别便再也看不见了。所以在我临走的前三天，她就开始悄悄地为我准备路上吃的东西。她半夜里为我炒了一大方花生糖，整整齐齐地摆好了，放在屋檐下晾着。她说："记得你小时候最喜欢吃的就是这炒熟的花生糖。可那年月里姥娘穷啊，想做也做不出来。让你们都受委屈了……"

临走的那天早晨，姥娘又为我煮了二十多个鸡蛋，让我带着路上吃。我推辞说："姥娘，我有半天就到青岛了，一到青岛就有人招待了，保证饿不着的，鸡蛋还是留着您自己吃吧！"但姥娘不依了，不容分说地一边往我包里头装，一边数落着我："你兴许忘了，有一年你到姥娘家来，一进门就说，'姥娘，快给点吃的吧，俺快饿死了！'可姥娘那时候什么也没有哪！好歹找来了几个土豆，给你煮了，你狼吞虎咽地吃着，小腮帮子一鼓一鼓地说，'姥娘，您煮的土豆真香真甜呀！'……你倒是想想看，还记得这档子事不？"

我望着姥娘弯曲的脊背、稀疏的白发和正在不停为我收拾着行李的颤巍巍的双手，哽咽着说："记得！记得！姥娘，我今生今世永远也忘不了！"

就这样，在一个清晨，我又一次告别了家乡，告别了我快九十岁的外婆，也告别了外婆的大海，向着那正在等待着我的、我将永远难以走完的路途上走去。我知道，很有可能，在又一段较长的时间内，我将不能同我亲爱的外婆相见了。

姥娘一直把我送到村口。我走了很远，还依稀看见她被舅舅搀扶着，依依不舍地向我挥手。我知道，姥娘是在说："好好往前走吧，孩子，不要惦记着姥娘了。"

母校的晨钟

当大树下的晨钟
敲响之后
古老的大树
放飞了和庇护了多少
飞向辽阔的世界的勇敢的鸟儿

骑在白墙上的童年

我常常想起故乡村口的白墙。

从我记事那天起,妈妈就告诉过我,那些堆在墙边的陈年草垛里,住着一些小小的银狐,在秋夜的月色下,它们的毛发闪着美丽的银光。偶尔有夜游的大鸟从墙边飞过,落净了叶子的老槐树的枝影就像人的影子一样在墙边摇摇晃晃……

每天早上,白墙上总是站着许多像站岗的哨兵一样的大公鸡,它们在骄傲地引吭高唱。到了清凉的夏夜,白墙上又会挂满一串串扁豆花和葫芦花,萤火虫打着星星一样的小灯笼,从村外的草径和井台边飞过来,一闪一闪,亮晶晶的……

哦,我的童年的白墙,它远远地立在故乡那起伏的地平线上!

我想回去,重新骑在那墙头,去找回我丢失在那里的童年——

去看那些流星,怎样像过世的老祖母所讲的人的灵魂一样,无声地划过天边。

去看那弯弯的月亮船,轻轻地从白莲花一样的云朵里穿行。

去看那一朵朵的晚霞,像被黄昏遗落在村外的山路上的孩子一样。

这时候,一群群小鸟,也会从天边归来,它们将飞到村边的槐树林里去,那里有它们栖息的最温暖的家;还有一颗巨大和耀眼的星星,会从村外墓地那边升起来,有人打着火把在山路上行走……

唉,我想回去,重新骑在那墙头上遥望……

那些艰辛的农人,他们是什么时候走出了家门?太阳落山的时候,他们也从不同的地方回来,像疲惫的牛儿一样返回村庄。无论是播种的季节,还是收获的季节,他们永远都是那么繁忙。而我每一天都要骑在那白色的墙头上遥望——

辛苦的妈妈,为什么总是最后一个走下山岗?

晚风吹起了她的鬓发,和她破旧的衣裳……

小路已经黑黢黢的了,村外一片空旷,看不见一点灯火。为什么我还听见了一些落叶般的沙沙的声响?

唉,我想回去,重新骑在那黄昏的墙头上,等待妈妈从田野上回家!

我想,骑在那童年的墙头上,我还会看到我的许多童年时代的小伙伴,我想我还会见到一个美丽善良的邻家小姑娘。我想她一定早已做了妈妈……那么她还会用那样羞涩的目光看着我吗?她还会像从前一样,轻轻地叫我哥哥吗?

我想回去,重新去爱那童年的白墙!

我童年的白墙,是无比温暖的墙。我童年的白墙上,有许许多多金子般的阳光。离开故乡好多年好多年了,我多想再回去,重新抚摸和感受那温暖的一切。我想重新骑在那墙头上。我想我一定还会看见,许多小时候没有看到的景象。

　　我甚至只有一个小小的愿望：在我还没有老得不能走动的时候,让我回去,哪怕变成一棵小小的山杨树,深情地站在那白墙边,依偎着那些金色的草垛和老房屋,扬起我友好的手臂……

　　我将向每一个过路的人点头致意,不管认识和不认识的,也不论是老人还是小孩子。我知道,他们都是和我一起在这片土地上生长的人,我愿意让每一个从我故乡走过的人,都带去我的问候和祝福。

　　啊,我那遥远的故乡的白墙,我那骑在白墙上的童年,你们都在哪里呢?

献给我的小学母校

流水似的岁月，使我匆匆地离开了你，已经那么遥远！当我不再青春年少时，偶尔回头寻找你，就像在寻找迷失在风雪北方的我那寂寞而短暂的童年。

亲爱的母校，我是从你的山巅起飞的一片云彩、一只孤雁，我的翅膀和我的心灵，都因为你深情的瞩望而变得坚强，变得自信和勇敢。

那位慈祥的老校长，曾经发给我人生的第一册课本；那位年轻的女教师，教我学会使用和热爱自己的母语——我们古老的中华民族的美丽的文字和语言；那位亲手给我佩戴过红领巾的小姐姐，她使我懂得了什么是诚实和善良，什么是友爱和温暖。在无数个大风雪的日子里，送我翻越山岗，目送我走进小小校园的妈妈，教我懂得了什么是无私的爱，什么是生活的忧愁和艰难……

我亲爱的小学母校啊！是你送我走进了广阔的世界，去寻找自己金色的前程。怀着童年和少年时代的幻想与抱负，我走过了多少城市和村庄，走过了多少山谷、河流和平原。

今天，在江南，在江南的一个寒冷的雪夜里，望着窗外飞舞的雪花,我在灯下写着我对你深深的怀念!我知道,无论今后的岁月还会使我变得多么苍老,无论命运会将我抛到天涯还是海角,只要我还能够回首往事,眼里还有泪水,心中还能涌起波澜,我总会深情地想起你来——就像一个浪迹天涯的孩子,永远记着妈妈的容颜。

我会感到,亲爱的母校,童年时代的老师们,时时刻刻都会站在我的背后,注视着我,期望着我,鼓励着我,让我的生命透出最明亮的光芒,透出我对生活和世界全部温热的力量和信念!

亲爱的小学母校啊,我敬你、爱你!你是我的怀想、我的牵挂,你也是我的欢乐、我的幸福和感念。远隔重山,我只能献上这一篇文字,献上一个三十年前的毕业生的愧疚的心、怀念的心,还有我全部的感恩与祝愿。

母校的晨钟

我从异乡归来,走在三十多年前的早晨,挎着妈妈为我缝织的蓝书包匆匆地赶往校园的山路上。

在宛如当年的晨钟声里,我流着一个成年人辛酸而又幸福的眼泪,深深地怀念着那些滞留在最贫穷和最寂寞的岁月里那温暖的声音和气息,怀念着那些响彻在我的童年和少年记忆里的黎明的钟声、中午的蝉声和黄昏时回家的小路上的欢笑声,怀念着那风雪童年里的诚实与勤奋,那默默地为了明天的前程而刻苦奋斗的日日夜夜……

在故乡的小村口,我站在半个世纪前就诞生了的这所小学的一口老钟下。

岁月的匆匆流水,使许多善良和熟悉的人永远地离开了我,也使许多活着的人变得何其苍老与陌生!它们使我真切地感受到时光的无情、人生的短促,更使我体会到一些未泯的记忆的珍贵!而你——一生艰辛至极却又永远达观的芬芳的播撒者,我们一代代山村孩子的最早的启蒙者和引路人——我们的老校长啊!如今,你已长眠在哪里呢?

我在心里一声声地呼唤着。

我还记得，就是在这村口唯一的一栋庙堂里，在一排排土砖垒成的简朴的课桌上，在一阵阵激动的戏谑声和欢叫声里，我们的新的时光开始了。古老的乡土和长眠于此的祖先们开始听见一代新人的整齐的脚步声响——那是撞向新的天地和新的岁月的一代人的脚步声啊！那对于自己家乡的认识和依恋，对于世态炎凉的感知和理解，对于人类文明和理想的赞美与追求，对于大山之外的幸福和命运的渴慕、呼唤与探索……都从这里开始了。

这是整个乡土上的一代生命的觉醒……

那么你，你这如同殷勤的布谷鸟一样催醒这古老的村庄的先知，你这用双手敲响了我们生命晨钟的人，向我们发放了人生的第一册课本的人，在无数个雨夜里背我们过河的人，你这个同样在艰辛地开垦着、耕耘着、灌浇着我们的生命的处女地的忠实的农夫啊！岁月更替，几度沧桑；年年柳色，年年秋风……今天，我们在哪里还能看见你孜孜不倦的身影，你的和蔼的又常常有所忧虑的面容呢？

哦，我的心灵的脚步在三十年前的土地上蹒跚着，多么深情，又多么沉重。

我知道，我不是一个虚浮的歌者，只为了寻找那些已经失去了的童年的诗篇。不是，走在这昔日走过的坎坷的道路上，充盈在我心中的是一些既古老又新鲜的情感，是一种对于更新的生活更强烈的赞美和眷恋。然而我也还没有忘却对于曾经在这儿默默地奋斗过的先师们深深的景仰、感谢与怀念！

如果说，山村小学是一棵已经很老的大树，那么，从我们乡土上成长起来的每一代年轻人都应该是它根系中的一员。山村的孩子们永远是山的希望和明天。看吧,当大树下的晨钟敲响之后,古老的大树放飞和庇护了多少飞向辽阔世界的勇敢的鸟儿……

我在昔日的那间教室的窗口边静静地站下。我听见,古老的晨钟和晚钟仍然在我故乡的土地上不停地呼唤着,呼唤着这正在发生着巨变的乡土上的又一代新人,都虔诚地聚集到山村小学的大树下来。这里是通往未来的入口处,是必经的殿堂,是通向远方世界的起点……

我仿佛也听见了三十年前那些呼唤过我的声音——妈妈的声音、老师的声音、伙伴们的声音和永不消逝的蝉儿们的声音……

我因一种记忆里的温情而激动。所有这一切,使我此刻比任何时候更渴望着年轻,渴望着再回到纯真的童年,重新开始我的一切!我的身高、我的体重、我的肺活量以及我的缤纷的少年梦想……

我从短暂的梦幻中抬起头来。回答我的是一群十二三岁的孩子的朗读声和欢笑声。他们的声音比我那时候更自豪、更整齐、更爽朗、更坚定。

旷野上的茅草棚

茅草棚,朴素无华的茅草棚在哪里?

在哪朵锡纸般明亮的云彩之下? 在哪片轰然而至的暴风雨之中?在哪一条遥远而空旷的夜路上?在绵延起伏的地平线的哪一边?

茅草棚,默默无声的茅草棚! 多少景象与往事都如云烟一般飘散远逝了,而你却毫不动摇地屹立在我的心灵深处,屹立在我记忆的旷野上最醒目的地方, 仿佛我的一位曾经相濡以沫的患难兄弟,远远地总在向我招手;又像是我的一位慈祥的老哥哥,永远敞开着宽厚而温暖的胸怀……

你——我艰辛的童年时代里的最忠诚的巢,有多少次,你在狂风暴雨之中迎接了我,拥抱了我,庇护了我这小小的生命啊!

我常常记起那贫穷年月里的一个晚秋。那一天,当我劳动归来,突然狂风大作,乌云压顶。轰轰烈烈的电光映照着天边巍峨的山影与丛林,而震撼山岳的雷鸣正威慑着天地间的一切。我像一个突然间迷失了道路的小牧童,惊恐地奔跑在茫茫的旷野上……

就在这时, 我看见了你——一间在狂风中呼呼作响的茅草棚!那么小,却又那么坚定! 你是在狂风中呼唤着我吗? 我惊喜地跑向你。我像一个噩梦中的孩子，流着泪瑟缩着紧紧地依偎在你的怀抱里。

我用我的肩膀紧紧地依靠着你，仿佛依靠着一个巨人。我全身战栗着，倾听着外面翻江倒海似的倾盆大雨声。

四野茫茫，一片汪洋……你成了我恐慌的生命里一座安全的孤岛。

不知道过了多久，暴风雨终于过去了。乌云的缝隙里奇迹般地透出一缕绚丽的霞光，雨后的天地一片澄净，包括我这颗少年的心和我那仿佛刚刚被洗礼过的灵魂。

我看见，在我的四周，秸叶上滴着透明的水珠，它们比任何时候都使我感到亲切和难忘。我们都像是胜利者一样，含笑站立在霞光喷射的旷野上……

啊，茅草棚，我风雨共济、生死相依的茅草棚！从那以后，我再也忘不了你了。我常常想，你是哪一位年老的农人默默搭起来的茅草棚呢？他是怀着一种怎样的心思呢？只要几捆秋后的高粱秸，或者几匝干枯的白荻和芦竹草就够了。在任何一片旷野上，在任何一条道路边，你都胜过世界上所有华美和高贵的旅馆与驿站。你温暖而朴素的门扉，是向任何一位过路人敞开的，一如那温暖和宽厚的农人的心。你用最简易的温情，温暖着和庇护着每一位走向你的旅人，无须半点回报……而保护你、支撑你永不倒塌的，没有任何别的东西，唯有人们的感激与敬意！

茅草棚，暴风雨中的茅草棚啊！多少年来，我远离了旷野和乡村，而沉浮在世态炎凉的大城市里。我住过大大小小的旅店和宾馆，

146

我的双脚也踩过形形色色的华贵的地毯与瓷砖,可我再也没有栖身于茅草棚中的那种亲切的体验和心动的感觉。茅草棚,我在无数个冷暖长梦中怀念过你!

托尔斯泰说,他自己就是一个温暖的大自然。而我却觉得,在真正的大自然的怀抱里,在辽阔的旷野上,我永远像一个居无定所的旅人。面对生活的风风雨雨,我永远是两手空空。我唯一感到自豪的是,在我的心中,还有一间简易朴素的茅草棚——无论多大的风雨,它都会为我遮挡出一小片晴朗温暖的天空。

我知道,我会永远怀着一颗感激的心,怀念着你。哪怕是只凭自己天真的梦想和天然的痴情,我也应该尽力地护卫着你,让你默默地屹立在天地风雨之间。我知道,艰辛的人生,需要这样一些能够为普通人遮挡一下风雨的朴素的茅草棚,也需要这样一些温暖的感恩的心和感恩的襟怀。

十里风雪路

　　每当我看到今天的少男少女们身着鲜艳的羽绒服、牛仔装，背着漂亮的保健书包，脚蹬美丽的健美鞋，三三两两地并肩携手，说说笑笑地走向各自的学校时，我就不由得要满怀钦羡，深情地注视他们一会儿。有时甚至禁不住会悄悄地跟在他们后面走上一小段路程，好像我是他们的一个朋友，在为他们默默地送行。

　　请原谅我的自作多情吧。我目送他们，心里正怀着最真诚的祝福。而且我也自然地想到一位诗人的两句诗："世界应该是美好的，应该像它应有的那样美好啊!"

　　是的，没有谁喜欢悲哀。然而我们这一代人，却都经历了不同的悲哀，并且从悲哀开始，渐渐地长大和成熟。

　　告别了社生联中的那片浓郁的绿荫，我进入高中学习了。我们的学校坐落在即墨县有名的疗养胜地——温泉镇上。学校离我家有十多里山路，我的又一段求学生活从此便开始奔波在这条风雪山路上了。

　　我永远也忘不了那些来回奔走在这条弯弯的风雪山道上的日日夜夜。这是一个少年的生命中所不能承受的"重"，尤其是那些严寒的冬天。胶东的冬天往往是大雪封山，滴水成冰。但是有什么法子呢，学不能不上啊！于是，清早起来，匆匆地穿戴好冷得像铁一样的衣裳，用麻绳把棉袄捆扎得紧紧的，来不及吃早饭——其实往往是根本就没有早饭可吃——便挎上书包，戴上初中时那位好心的大哥哥送给我的那顶棉帽子，踏着没膝深的雪地，迎着呼啸的北风向学校跋涉。有时辨不清楚道路，还得拄着根木棍，滚进雪窝里变成一个"雪人"，爬起来拍打拍打继续赶路。到了学校，手、鼻子和耳朵往往冻得通红了，头上却冒着热腾腾的汗气。离上课铃响还有几分钟的时间，同学们个个站在教室外拼命地跺脚。等到把脚跺得发热了，一天的功课便开始了。下午一放学又匆匆地往家里赶，一路上又饥又冷，心里想着的总是今晚的饭是热地瓜呢，还是金黄的玉米饼子呢？

那时候我还是班上的学习委员，明明知道家里还有许多活儿等着自己早点回去干，但有时放了学又会自告奋勇地留下来为成绩差的同学补课。这样等到走回自己的村庄时，已经看到冷的月亮和冷的星星早已升起在村东的峰巅和雪野之上了。黑黢黢的村庄里传来隐隐的狗吠声……

当时学校有规定，中饭是不能回家吃的，需要上午带来。家境稍稍富足的同学都会有一个白铁饭盒，里面装着白面馒头或玉米饼子，还留出一小格装上咸菜。我从来没有这个福分。我的中饭总是两个或三个冰冷的熟红薯和熟土豆，用小手绢包着装在自己的书包里。不好意思像别的同学那样，每天送到事先联系好的老乡家里去蒸热，更不好意思在众多同学面前拿出来吃，所以一到吃中饭时，我便独自离开教室，到外面找一个避风又躲人的角落，就着满肚子的自卑和委屈三口两口吃完，然后抹抹嘴回到教室里。有时还得装出吃得很饱、吃得很好的样子来回答一些同学的询问。

但我的举动终于没能逃过一位细心的女同学的目光。我甚至不知道她会默默地注意我。这位女同学叫刘小兰，我们都叫她兰子，她和我同桌——我曾经在许多篇诗歌和散文中感激地写到她。

当时她的家境其实也不好。听说她的亲生母亲很早就去世了，后来有了个后妈。她是早熟的女孩子。在温泉中学就读的那段日子里，她像一位善良的大姐姐，悉心地关注着我，温存地体贴着我，并想方设法地帮助我。

有天中午，我正蹲缩在校外的一道避风的地堰下吃冷红薯，她不知什么时候站到了我的面前，笑着说："你真行啊！一个人躲在这里吃好东西，怕我们看见抢了去，是不？"我连忙说："不是的。这儿好，这儿暖和。"她便从书包里掏出一个用手绢包着的白面馒头，递给我说："这是我吃不了的，你替我吃了吧，你们男生饭量大。"我本想推辞一番，但一种无法抑制的饥饿和馋的本能，使我不由得伸手接了过来……那是我那时候吃到的最难忘的一顿中饭。多少年来我从来不敢忘记那个中午。

再后来，不论我躲在什么地方吃中饭，兰子总会找到我。她常常带来好吃的东西，并不容推辞地和我分着吃。而我每次除了冰冷的红薯和土豆外，再不会带别的什么了。那时我常常有个愿望：假如我能突然捡到一块钱的话，我一定也去买两个白面馒头，到中午时和兰子一起分着吃。然而我始终没有捡到那样的一块钱。

还有一次放了晚学，兰子追上我，笑着送给我一双厚实的手套。

她说这是她为她哥哥织的,可哥哥戴不上。这双手套的五个指头都是织了半截的,戴着手套也可以翻书、写字。我生怕戴破了它,不是十分冷的天我是不戴的。许多男生都看见我突然戴上了一双美丽的手套,但他们谁也不知道这是刘小兰送给我的!

现在,那双手套连同我的整个中学时代,早已消失不见了,再也不可能找回来了!但是善良的兰子姐姐所带给我的那份温暖和友爱,却依然完整无缺地保存在我的心中,珍藏在我的记忆里,丝丝缕缕,永不褪色!我将用我全部的挚爱与怀念来保护它们、珍惜它们。

此刻,当我回忆和书写着我们那时候的这种友爱的交往时,我也不能不想到,假如今天的中学生们看了,说不定会不屑地撇撇嘴说:"这也太不浪漫,太没有诗意了!"说得对呢,我的幸福之中的小弟弟小妹妹们啊!因为我们那时候所处的年代,实在也不是浪漫的和充满诗意的,虽然我们的年华是应该充满浪漫和诗意的情调的。但在贫寒的、寂寞的真实生活面前,我们的少年人的友谊也正像旱天里的芦苇,发不出声响;像冬天里的小鸟找不到乐园。我们委实浪漫不起来啊!

我在那本献给今天的少男少女们的小书《我们这个年纪的梦》中,写到过一位中学时代的老师写给我的一位日本散文家的一段话:"如果说少年的欢乐是诗,那么少年的悲哀也是诗;如果说蕴藏在大自然心中的欢乐是应该歌唱的,那么向着大自然之心和人世间私语的悲哀,也是应该歌唱的。"这位老师就是当时在温泉高中教我们语文的陈丹清老师。

很遗憾,在温泉高中仅仅读了一年书,因为家里的生活实在窘迫，我便不得不做出要离开家乡到南方去寻找我的前程的打算了。这是艰辛的生活的逼使。那时候我还不懂得什么是离乡的愁苦。

主意既定，我便恋恋不舍地去学校——辞谢了班主任和老师们，辞谢那些待我极好的同学们。当我向陈老师辞别时，他颇感意外，接着便黯然神伤。他当时只说了一句话："真是天高任鸟飞啊！"看得出，他是舍不得我离开的。当天下午，他就送了一个崭新的笔记本给我留念，那第一页上写着的就是我至今难忘的那段话。

当然我也不忘去和兰子辞别。一想到当年与她辞别时的情景，我的心就仿佛被撕碎了一般痛苦难受。不是手足亲人，却胜似手足亲人。我是多么不愿意失去这样一位善良温存的小姐姐和好同桌啊！而对她而言，这种风雨相依又无奈别离的结局所带给她的意外和失望，也许更大更深吧！我记得那最后在一起的几天时间里，我们都很少说话，却又总是尽可能默默地坐在一起，有时是不约而同地在寻找对方的身影。冬末的天空中不停地飘着雪花，而我知道，我们心中的天空中的雪下得更大。

写到这里，我仿佛又听到了那从十里风雪山路上响起的我的沉重的脚步声。我明白，那脚步声不是我的，不是我们的，而是今天的幸福的少男少女们的。它从我的窗外，一直撞向最美丽的春天……

会当水击三千里

我们家乡有个常用的口语词叫作"皮实",大概是普通话里所没有的。意思就是吃得苦,耐得劳,受得累,生命力坚韧而又顽强。例如说某种植物(像苦苦菜、狗尾草、蒲公英等)长得皮实,即是指它们无论在怎样贫瘠的山地里,只要有一点点水土,就会生根、发芽,就会开花、结果,任何风风雨雨,也只能使它们长得更加茁壮和茂盛。说某个人生得皮实,就是说他天生是块"贱骨头",什么样的生活条件都能适应,而任何小病小灾都无伤其大体,他的生存能力将比一般人更强、更大!

不谦虚地说,我自己,就是这样一个皮实的人。有时我也常常想到,我的整个童年和少年时代,几乎都是在一种半饥半饱,甚至饥的时候又总是比饱的时候多的境况下度过的,用现在的话来说,其物质营养可谓不良了,凭什么还能那么皮实呢? 倘若一定要找出某些原因来,那么答案只有一个:是生活,是家乡艰辛的生活为我摔打和磨炼出了一副皮实的体格!

回想起来,我们念中学的时候真是没书可看,闲得手痒,百无聊赖。为了能够借到一本什么书,如《苦菜花》《敌后武工队》等,有时竟不惜替对方干一上午的活儿;为了看上一场电影,如《奇袭》或《渡江侦察记》,竟可以在天寒地冻的雪夜里来回奔跑二十多里路,甚至看了三遍五遍仍觉不满足,恨不得夜夜跟着放映队跑遍周围所有的村庄。

这种情景被我们温泉中学的语文老师陈丹清知道后,他边叹息边赞许地说:"是啊,有什么法子呢?……你们跑吧,来回地奔跑吧!天将降大任于斯人也,必先苦其心志,劳其筋骨……现在既然不能'文明'其头脑,那就只好先'野蛮'其肌体啦!"

在村小学念书时,我们学校师生间有个传统:大清早起来爬山、跑步。有时鸡刚叫头遍,天还黑黢黢的,村子外面的山道上就响起噔噔的脚步声和响亮的哨子声,甚至还夹着一阵阵整齐的口号声,好像部队演练一般。老师带着自己的学生们一起爬山、长跑,天天如此。尤其是在数九寒冬里,即使不穿棉袄,不戴棉帽子,照样可以跑得大汗淋漓、热气腾腾的。

等到进了联中,特别是进了温泉中学后,我已经觉得自己不仅身体正在迅速地发育、长高、长大,而且头脑里也有些奇怪的想法了。夸大点说,就是内心已经充满了某些幻想和抱负,这些幻想和抱负驱使着我自觉地热爱起自己的生命来了。

那时候,我的课桌里面常常贴着自己用毛笔写的还加了花边的两句诗:"自信人生二百年,会当水击三千里。"这是毛主席做学生时写的诗词。我的笔记本的扉页上,也抄着奥斯特洛夫斯基的名言:"人的一生,应当这样度过……"我的周身涌动着的是一个贫穷的乡村少年的殷殷热血。常年饥饿和卑贱的生活,使我早熟,使我事事都敏感而好胜；而忧愁、孤苦、委屈的日子，又使我好像对整个世界充满了反抗和报复的情绪……现在想来，这简直有点像高尔基少年时代的心态了：生活条件越是艰难，我就越觉得，自己需要坚强。我似乎很小的时候就已经懂得：人，是在不断地反抗周围环境中成长起来的！

我还记得，在社生联中念书时，我们学校几乎每个季节都要进行一次军事化的长途拉练行军，一走就是上百里。有时半夜里住校的同学就把拉练的命令传到了各个村庄。无论是细雨霏霏，还是大雪纷纷，我们都会听从着一个号令，从不给自己的班级丢脸，即使是脚板上起了血泡也从不叫苦。而在我失学回家，回到村里参加生产劳动，跟着沉默寡言的老哥哥放牧的日子里，我更完全成了一个被人类文明放逐了的小牧童。我在四野茫茫的大洼地上，赶着那些沉默的牛羊游荡；我在高高的看不见一个人影的山巅上呼喊；我在翻江倒海般的暴风雨中奔跑……无边的旷野在我的脚下，高高的大青山在我的脚下。我一边疯狂地漫无目的地奔跑，一边大声地呼喊，好像自己已经和大自然中的风雨雷电融为一体，大地上万物的声音都是我生命的声音。我的周身充满了力量，也充满了胆量……

这种感受，当然已经永远留在我的家乡荒凉的大洼地上，留在了那高高的云雾缭绕的峰巅上了。虽然多少年来好像再也不曾有过这种感受，但我从来没有忘记过它。我怀念这种朝气蓬勃、心比天高、意气风发的精神状态。虽然它是极其短暂地出现在我的童年和少年时代的某些日子里，但我相信，它也潜移默化地影响着我从此以后的许多岁月，直到今天。这是我坚强的意志的源头，是我那皮实的拿得起也放得下的体格的奠基石，是我今生今世赖以在这个浩大、纷纭和冷酷的人世间奋斗和生存的全部资本与最后退路！

从我们村庄到温泉中学，是一条十里风雪路，那又是一条送我告别少年时代并真正迈向青年的门槛的路。我在故乡短暂的高中生涯(仅仅读了一年)就是在那条孤独而崎岖的山路上完成的。说得浪漫一点儿，就是沿着那样一条负载着我的壮志与幻想的山路，匆匆地迎来了我的十六岁的太阳。这些情景和感受，后来被我写在一篇散文诗中，那题目就叫《迎接十六岁的太阳》。我这样写着我的感受：

……这时候，我一个人穿过一片片安静的楼群。我一个人来到四野茫茫的郊外。在阔亮的乡村大道上，让我十六岁的生命和我的影子一道，自由地、大步地向前奔跑……

我是向前去迎接一次不平凡的日出，迎接即将升起的我的十六岁的太阳。

……

我一边奔跑着，一边挥动着双臂。我把我的双臂想象成一双迎风扩展的有力的翅膀。而我的充满梦想的灵魂，也像那美丽的星体一样，轻盈地运行在那辽阔空中的街市之上。

……

宇宙无边……

大地静悄悄……

星辰在闪耀……

东方像锡纸般发亮……

树，一棵棵地向背后退去。坚实而阔亮的道路，在我的脚下无尽地延伸着。我仿佛正沿着它们在奔向属于我的未来。我不停地向前奔跑着。我用想象中的快乐和幸福鼓励着自己……我知道，只要我不停地向前奔跑，我就会看到我生命的新的世界的又一次辉煌的破晓……

有谁是从年少气盛、壮志凌云的日子里走过来的呢？有谁已经被那时光老人逐出豆蔻年华很远很远了呢？我以为从这路途上的奔跑中，大致可以找回那往昔的童心与朝气，重新感受到那苦寒中的生命力的色泽与芬芳……

若干年后，当我作为一个成年人回到了家乡，在一个寂静的冬天的早晨，我试着再一次踏上这条通向我母校的十里山路并且再做一次奔跑时，当年的那种生命的气韵在大地上流荡，满天的星光灿烂炫目的感觉，已不复存在。路，还是那条路，但是已经被岁月拓宽；树，也还是那些树，但是它们都已增加了新的年轮……逝者如斯，不舍昼夜。边跑边算，可不是嘛，一晃，竟是三十多年的光阴悄悄地溜走了！

那天早晨，陪我一起在那条山路上跑步的，是我在温泉中学时同村的同学延平。当年我们两人几乎是每天都结伴儿从村里跑向学校的。那天早晨我们像当年一样，都脱下棉衣，露出了各自强健而皮实的肌体。延平和我同岁，比我大三个月，因为毕业后一直从事的是体力劳动，看得出他更像一名胶东汉子，身体比我强壮多了。一路上我们边奔跑边谈笑，几多趣事都涌上了心头。热气腾腾地跑到了母校,校园里还寂无人影。我们又绕着母校校园跑了一圈,然后在当年挂着一截铁轨作为时钟的那棵老槐树下站定。我们都很激动。当年的那几间教室早已拆掉了。新盖起的教学楼高大亮堂。唯有一段我们非常熟悉的旧标语墙还保留着。学校的所有告示、通知乃至墙报等,都是贴在这段旧墙上的。记得我们刚进校那年,这段墙上正用白石灰写着繁体的"打倒日本帝国主义"的标语。当时我们都觉得很奇怪,后来才知道,那是当时一部名叫《两个小八路》的电影,刚刚在这里拍完了外景。我和延平都伸出手抚摩着这段旧墙,心中充满了依恋与怀念。

我问延平:"还记得陈丹清老师吗?"延平说:"怎么不记得?你们跑吧!来回地奔跑吧!天将降大任于斯人也,心先苦其心志,劳其筋骨……现在既然不能"文明"其头脑,那就只好先'野蛮'其肌体啦!……"延平模仿陈老师的声调和神态非常逼真。

"那么,还记得陈老师在雪地里的朗诵,就像《列宁在十月》里的样子吗?"

"记得!记得!"延平笑着把头一甩。陈丹清老师那时蓄的是长发,用现在的眼光看,可以称得上是一个美男子。他有个习惯性的动作,激动起来时,总是把长长的头发向后很自然地一甩,极有风度。

"在苍茫的大海上,狂风卷集着乌云。在乌云和大海之间,海燕像黑色的闪电,在高傲地飞翔……"

我和延平都情不自禁地学着当年陈老师朗诵时的神态和声调,高声朗诵起了高尔基的《海燕》。这是当年陈老师带着我们站在茫茫雪地上高声朗诵的他最喜欢的篇目。他站在我们面前,打着夸张的手势,长发飘飞,声音洪亮,活像影片《列宁在十月》里列宁讲演时的姿态。现在想起来,那种"挥斥方遒"的豪情,那种贫困寂寥岁月里的难得的罗曼蒂克的情调,仍然在撞击着我的心胸,使我忍不住跃跃欲试。

"恰同学少年,风华正茂。"一代人有一代人的特点,但不论哪个时代的少年人,有一点是共同的,那就是都崇尚青春,都富于朝气和力量!他们或许此刻正一无所有,但等到明天来临,他们也许立刻就能拥有一切。

诗人休斯说过:"再苦再难的生活中,也还是有欢笑的。"中国的诗人也早就说过:"宝剑锋从磨砺出,梅花香自苦寒来。"是的,我应当感谢北方乡村的贫寒、艰辛甚至苦难的生活。这种生活磨炼了我坚忍的意志,锻造了我皮实的体格与倔强的性格,也坚定了我在任何时候都不会向厄运低头的信心,或者还可以说,这种生活令我完成了作为一个作家——不,作为一个人——的早期的训练和积累!不是矫情,当我每一次回首往事时,笼罩着我的绝不是满腔幽怨或颓丧的意志,而是一种崇高和自信的感情:看吧!我曾经这样拥抱过生活;我还将更执着地去热爱生活,去热爱生命!这个人,你们可以消灭他,却不能打败他!

告别故乡

多年以前,我曾经写过一篇题为《白光》的散文诗:

从什么时候起,在什么地方,我看见过那一团奇异的白光?

是一个收获之后的晚秋吧?当我疲惫地走在从旷野通往村庄的小路上,当我一个人坐在贫瘠的山峦上凝眸黄昏,听着四野传来的黑夜的脚步声……这时候,我看到了群山之外,仿佛是在天边,有一团奇异的白光,宛若成千上万颗星星聚集在那里,若隐若现,闪闪发亮……

不久,我便知道,那是一座比我们的村子更大的村庄。那是城市!是迷人的和炫目的城市之光。

啊,是从什么时候起,在什么地方,我便常常独坐在旷野上沉思默想……我也将去那里生活!奇怪的梦想在我心中萦绕。那是朝阳与云正当年轻的时候……

这篇散文诗里,隐约地写到了那潜藏在一个寂寞的乡村少年心中的一种对于贫穷而艰难的家乡说不出的厌倦感，乃至想离开它，逃出去，寻找自己另外的前程的愿望。

应该说，这的确是促使我和诱导我少小离家的一个因素。但现在认真想来，它却不是真正的原因。我知道那时候我还没有成熟到这种地步，还不具备这样的自立意识——就像毛姆在《月亮和六便士》里所描写的那一类人一样：在出生的地方他们好像是过客。孩提时代就非常熟悉的浓荫郁郁的小巷，同小伙伴们游戏其中的人烟稠密的街衢，对他们来说都不过是人生旅途中的一个宿站。这种人在自己的亲友中也终日落落寡合，在他们唯一熟悉的环境里也始终只身独处。也许正是在本乡本土的这种陌生感才逼使他们远游异乡，去寻找他们精神上的家园和心灵里的故乡……

不，那时候我只是个贫穷敏感的十四五岁的乡村少年。贫穷和艰辛的日子所带给我的种种压抑、屈辱、敏感、气盛、要报复、想反抗的情绪，才是使我毅然离开故乡，去寻找自己另外前程的主要原因。或者也可以说，这是唯一的原因。至于其他，似乎都矫情了。用高尔基的自传里的话来说，那便是："生活条件越是艰难，我就觉得自己越发坚强，甚至越发清醒了。我很小的时候就已经懂得：人，是在不断地反抗周围的环境中成长起来的……"

我清晰地记得，第一次离别生我养我的故乡时的情形。那正是一年的秋冬之交。那年的冬天来得早，庄稼刚收完，就下起了大雪……

其时，我已经从刚刚读了一年高中的温泉中学退了学，与老师和同学们道了别。他们都知道，我有位伯父在外面，听说已经当了"大官"，我这次去，就是去投奔他的，将来肯定有福可享了。但他们哪里知道，我的那位伯父也只不过是一位早年当兵出去的军人，而且一直和家里很少联系，只知道他现今正在上海。他们更不知道，我离开故乡实在是贫穷生活逼使的结果——说得更具体一点，我如果仍在家里，怕是连下学期的学费都交不起了，哪里是为了去享什么福啊！而对于我决计离家外出闯荡，家里人原也是极不赞成的。一是因为我年龄还小，从没出过远门，万一在路上有个什么闪失，那可是真正的灾难了；另一个原因是，伯父虽然在外面，但怕也一时照顾不到我。世道不济，谁知道此去会有个什么结果呢？

而最不赞成我走的，自然还是最疼爱我这个长孙的老祖母了。还在我准备动身的前几天，她就整夜整夜地睁着已经半瞎的眼睛，看也看不够似的端详着我，并不时地问道："你再寻思寻思，不走不中吗？你不知道，在家千日好，出门一时难啊！先人说过话的，金窝银窝，总不如自家的狗窝儿哪！"

我劝慰老人说："奶奶，您就别阻拦我了，我又不是一去就不回来了。再说，等我找到了伯父，混好了，不是也可以接你们去享几天福吗？"

"俺已是七十多岁的人了，说不定哪天就会两眼一闭，什么都不知道了。你这一走，俺怕是再也见不上你一面了，千里万里的，你还能赶回来哭俺？再说，你一个人出去，没人疼没人怜的，让俺哪里放心得下……"老祖母的话说得我鼻子发酸，眼泪禁不住簌簌地流了出来。

父亲在炕沿边闷头抽着烟，叹着粗气对抹着老泪的老人说道："娘，您快不要说了吧。舍下一条心，让他去吧！出去闯荡闯荡也好，这日子也实在难过死了。您看咱村里外面有亲戚的人,不都一个个地走了?"

老祖母听到这儿,没好气地朝我父亲吼了一句:"去吧,去吧,要是老大在外面有个三长两短,俺可跟你要人!"

临走的那个晚上,全家人只有弟弟妹妹们睡着了,老祖母、我父亲和我整夜没有合眼。老祖母就着一盏油灯为我准备干粮。先是用从邻居家借来的几瓢白面为我烙了十来个厚厚实实的白面硬饼和几十个"巧花"(一种面食),她一边烙一边流泪,还不时地叮嘱我:"到了外面,饼就干硬了,在人前要慢点吃,别像在家里一样狼吞虎咽的,让人家看了笑话,当你是要饭的哪!见到饭店,就嘴甜一点,叫声大爷婶子的,要口热水就着吃,别哽着……"

我一边续着干草,拉着风箱,一边点着头说:"奶奶,我知道,我已经是十五岁的人了。照您这么说,我这些年的书不是白念了吗?您就放宽心吧!"

烙完了饼,她又把邻居送来的几瓢鸡蛋收拢在一起,觉得还不满足,便又去天井边的鸡窝里掏了掏,拣出了鸡们当天下的两个鸡蛋,然后一块儿为我煮熟了。

我说:"奶奶,别给我带这么多,留几个饼和几个鸡蛋给弟弟妹妹吃吧。"

老祖母不答应。不过,等她把这些东西全部装进了我的包裹后,趁她不注意,我又偷偷地拣出了一些留下了。我不忍心就这样全部带走这些我们家平时难得吃上的东西。等这一切收拾停当了,已是后半夜了。

老祖母到天井里望了望天象说："还好,明儿个是大晴天……"

说着,她又让我给她穿上针线,把家里仅有的二十来块钱拿出来。她把零钱装在我的贴身衣袋里,几张整的便给我缝进了上路穿的棉裤里,一边缝一边嘱咐我："到了外面,千万要警醒些。要拿钱的时候就背着人拿。见到面相凶的人,最好离他们远点,别叫他们骗走了什么。睡觉时,就把包裹和棉裤枕在头下,有什么难处,就找面善的大爷婶婶们帮帮,嘴甜一点,手勤一点……"就这样千嘱咐万嘱咐,不知不觉鸡叫头遍了。

父亲到天井里转了一遍,回来说:"娘,还是让老大动身吧!晚了,村里人见到要问长问短的。"

老祖母一听,哽咽着拉紧了我的手。我流着泪看了看还在睡梦中的弟弟妹妹们,然后跪在老祖母面前磕了个头说:"奶奶,您多保重吧,我走了……等我找到了四伯父,就回来接你们也去那里……"

老祖母把我搂到跟前,抚摸了又抚摸,端详了又端详,擦着老泪说:"那么就走吧,孩子,不要挂念家里。有了着落就快点捎个信回来……奶奶留下一口气也等着你。"我擦着泪水,使劲地点了点头。

我就这样第一次告别了自己的亲人,告别了自己的故乡。

老祖母站在大门口的凉风里,不时地挥动着手,直到我再也看不见她那颤巍巍的身影。

那时候她不会想到,不久之后,她也要永远地离开这片故土了……

还是让我再来引一段《白光》里的文字吧。我无法详尽而清晰地写出自己少年远行的全部情景,但至少我已感到了少年的远行在我

心灵上留下的伤感和沉重：

　　许多年后,我果真走进了一座布满灯火的城市。那是多年前的一个晚秋,蒹葭苍苍,遍地白霜……

　　当我挖起最后一篓土豆,收割完了最后一捆玉米,便含泪离别了年老的祖母,只身离开了胶州湾,一文不名开始到陌生的命运的长途上寻找你——我梦想中的城堡和天堂!我的不幸的命运中的那一点幸运之光……

　　轮船在一个夜半缓缓靠近黄浦江口,隐隐听到生命的潮声在脚底下喧哗,我的眼里无声地流着青春的泪……

　　是的,从我们村到温泉镇,从温泉镇到即墨城,又从即墨城到青岛,在青岛坐进了驶往上海的大船的最低等舱里,走了一天一夜后,我知道,我已经远远地离开了家乡,进入一座陌生的大城市了。

　　可是,那能够照耀着我的生命和幸福的神秘的光芒啊,你在哪里呢?

　　大上海是多么大啊,而我又是那么小! 到处是匆匆忙忙的人流,到处是喧嚣的市声, 到处是明明灭灭的霓虹灯光和白色的斑马线,还有冷若冰霜的蔑视的目光……

　　我是为寻找自己金色的前程而来的,却不知道,我的前程将从这座大得吓人的大城市的什么地方开始。

　　手里捏着伯父写给家里的有地址的信封,我好不容易找到了东海舰队,一打听,才知道伯父半年前已转业到湖北的一个县城里工作去了。我的心顿时凉了半截。抱着小小的行囊蜷缩在大上海的屋檐下，真是举目无亲，欲哭无泪。

但就在这时，我想起一个人来——一个名叫"圣野"的人。

那还是我在社生联中念书的日子，因为作文写得好，得到了语文老师的厚爱，因而常去他家。他家珍藏着不少装订得整整齐齐的旧杂志，其中有上海的出版社出版的《儿童时代》《少年文艺》和《小朋友》等。语文老师是一位文学爱好者，大概也喜欢诗歌吧，所以常认真地给我讲解那些旧杂志上的诗，如数家珍一般。他听说我四伯父在上海，便告诉我，上海可是个了不起的地方，有许多作家啊。《从百草园到三味书屋》（这是我们那时刚刚学过的一篇课文）的作者鲁迅先生就在上海住过。还有这篇诗歌的作者圣野，他也在上海。当时他指给我看的是哪篇诗歌，我已经记不起了，但圣野和上海，从此便一直留在了我单纯的心中。现在我已经到了上海了，便不禁想起这个叫圣野的人来。有一两天，我竟怀着天真的希望，真的认真地注视起每一个从我眼前经过的人来，心想，说不定会有一位老人突然向我走来，那我一定要拉住问问他：您是不是姓圣……

不仅如此，我有天傍晚还异想天开地像九岁的万卡一样，就着膝盖写了一封信，并在信封上写上上海《儿童时代》圣野爷爷收，然后投进了马路边一个绿色的邮筒里……

现在想来，不免觉得好笑。那时候还有什么《儿童时代》呢！至于信上是怎么写的，现在完全想不起来了。大概是想请这位大爷帮我找到我的伯父吧！结果可想而知。

我在上海转悠了好几天，省吃俭用，几乎没花几块钱，最后又去了趟东海舰队，打听清楚了我伯父的去向和我该走的路线。一位穿军装的大叔帮我买了张到湖北武汉的船票，把我送上了从上海开往武汉的大轮船。我从心里感激那位说河南话的解放军战士。我当时就认定，他正是我的老祖母所说的那种面善心好的人。

无论怎么样，我总算到过一回上海了。直到今天我仍然自信，我是那时候我们村的同辈伙伴中最早也是唯一到过大上海的人！其时我才十五岁呢。

再见吧，上海——你这闪烁着七彩光芒的城市！且让十五岁的我——一个贫穷无助、可怜而又自尊的乡村少年就此沿着陌生的长江而上，继续去寻找我的未知的前程，走我不得不走的人生旅程吧！

离家的时候，胶东正是严冬时节，雪花飞飘，满目苍凉。而当大上海从我的目光里消失后，轮船载我进入了辽阔的长江航道时，俯在船舷上，我看见长江两岸的树木和堤坝却是绿茵茵的，仿佛春天刚刚来临……

渐渐地，遥远的江南岸近了。

滔滔大江从我身边流过，而我的童年和少年时代，从此也永远地结束了。

迎接十六岁的太阳

星辰在我的头顶灿烂地闪耀。城市的路灯像夜里熟透的一串串葡萄。高大的静默的法国梧桐树在喷吐着它清新的露水和新叶的气息。而梦中的城市的门窗，还未打开。

这时候，我一个人穿过一片片安静的楼群。我一个人来到四野茫茫的郊外。在阔亮的乡村大道上，让我十六岁的生命和我的影子一道，自由地、大步地向前奔跑……

我是向前去迎接一次不平凡的日出，迎接即将升起的我的十六岁的太阳！

我像青草一样呼吸着黎明前的鲜美的空气。我感到了来自大自然的和来自城市的芬芳，充满了我的心域和胸腔，而我的肺叶一定也如阔大的贝叶一样，布满了美丽而健康的生命的色素，呈现无与伦比的、旺盛的力的节奏。

我一边奔跑着，一边挥动着双臂。我把我的双臂想象成一双迎风扩展的有力的翅膀。而我的充满梦想的灵魂，也像那美丽的星体一样，轻盈地运行在那辽阔空中的街市之上……

宇宙无边……黛色的丛林像一群即将起飞的苍黑的大鹰。群山像劳累的骆驼，它们卧倒在看不见的地平线上，昂起头望着远方。

大地静悄悄……只有无数小小的虫蛾，在我身边的朦胧的树叶和草丛间尽情地奏鸣着它们的生命梦幻曲，使我觉得这幸福而自由的声音啊，这弱小而集合起来的声音啊，在这黎明的大地上，如歌，似潮。

星辰在闪耀……

东方像锡纸般发光……

树，一棵棵地向背后退去。坚实而阔亮的道路，在我的脚下无尽地延伸着。我仿佛正沿着它们在奔向属于我的未来。我不停地向前奔跑着。我用想象中的快乐和幸福鼓励着自己。我仿佛看见了一丝黎明的微光，在远方的群山中间一闪一闪的。我知道，我的太阳，我们所有人的太阳——那盏给万物和我们带来永恒的光辉的华灯，它此刻正在我们看不见的地方，匆匆地向我们运行而来。我和我的十六岁的太阳一起奔赴在相会的路上！我知道，只要我不停地向前奔跑，我就会看到我生命的新的世界的又一次辉煌的破晓。

那么，我们也将在太阳哗然升起的一刹那，亲眼看见它是怎样用它轰响的色彩和它热烈的光芒，唤醒大地，唤醒群山和海洋，唤醒广阔的乡村和钢铁般的城市，唤醒森林，唤醒十万只栖落于森林中的欢乐的鸟儿一同飞翔。透明的鸽翅上将挂满晨光。而我将因此沐浴在一片明亮的新辉之中，像一棵布满新绿的白桦树，又像一棵闪耀着晶莹的生命和太阳的光斑的幸福的萱草……我将因此而懂得，满怀热情地生活着、爱着，去迎接我们每天崭新的太阳，这，才是生命中最大的美丽，才是对生命最好的热爱啊！

星辰在闪耀……

我加速向前奔跑……

宽阔的渐渐明亮的黎明的大路上，飘动着潮湿的七里香的气息，飘动着苜蓿和水草的气息。远远的，我看见一条古老而年轻的河，正在不远处闪着白色的流动的光芒。一阵风吹过来，又似有大潮和渔网的气息，使我顿时又想到了博大的海洋。哦，那帆，也像我一样在迎接日出吗？当太阳升起的时候，它将毅然挥别亲爱的岸，和年老的、年轻的水手们一起，航行到远方的海上去吗？那里有壮美的雷电和风暴在等待着它啊！

哦，我的生命！我的年龄！我的一切所赖以生存的坚实而宽厚的岸——我的大地母亲啊！我是这样激动而又幸福地奔跑在你的胸怀里，满怀着幻梦和热情，满怀着我十六岁生命的信念而不停地向前奔跑着啊！

此刻，我把这首一边奔跑着、一边写就的十六岁的生命梦幻曲，献给你——如同把我的整个的生命和心儿交给你——我的大地，我的祖国！我的十六岁的生命之舟所赖以停靠、出发和祈求着保护与鼓励的最广阔的岸啊……

早安啊，我的乡村的大地和群山！

早安啊，我的钢铁般的城市和人流！

我生命的太阳的全部光辉，将为你们而照耀，从十六岁直到死亡的那一天。

昨天的誓语

偶尔翻开一册旧日的笔记，我看见自己曾经记下的这样一些文字：

"1827 年春天，一个玫瑰色的黄昏，两个浪漫的俄国少年——十四岁的赫尔岑和奥格辽夫，站在莫斯科郊外的麻雀山上，面对西逝的太阳发誓，要为各自所选定的理想而奋斗到底，甚至不惜献出自己的生命……"

若干年后，赫尔岑成了俄国著名的社会哲学家、革命家和文学家；奥格辽夫成了著名的民主主义革命家和诗人。有一天，当他们回想起少年时代的那个黄昏，赫尔岑仍然禁不住热泪盈眶。

"不必再说什么了。"他这样写道，"我们的整个一生，就可以它作证……"

此刻，我被他的这句话深深地感动着。

我相信，每一个人，在他的一生中，都会有一个最美好的时刻——浪漫、纯真和幸福的时刻：朝气蓬勃，壮志凌云，情不自禁地为远大的抱负和高尚的献身而感动，甚至也幻想着踏上为理想而受难的旅程，即便是"在烈火里烧三次，在沸水里煮三次，在血水里洗

171

三次",也无怨无悔!并且期待着某一天,会有一双温柔而明亮的眼睛注视着自己,随时会为一声关切的问候或轻轻的叹息而泪水盈盈……是的,人生的幸福,有时只能用这种哪怕是极其短暂的美好时刻来衡量。生命的享受不只是一辈子,有时候可能仅仅是一个季节,一瞬之间。

我在遥望我的少年时光,追忆昨天那些誓语。

直到今天我仍然相信,我的人生中的一段最美好的时刻就出现在三十多年前,我在家乡胶东的乡村中学里读书的那段日子。

倒不是说那时候我生活得很安逸很幸福。恰恰相反,那段日子也许是我这一生中最贫穷和最艰辛的时候。正如狄更斯的《双城记》开头所描写的那样:"这是最好的时代,这是最坏的时代;这是智慧的时代,这是愚蠢的时代……这是希望之春,这是失望之冬;人们面前有各样事物,人们面前一无所有……

但那时我正当青春年少。生活虽然贫困而艰难,有时候甚至要为衣食发愁,为温饱奔波,但我已经分明觉得,我的身体正在迅速地发育和成长,我的身高、我的体重、我的肺活量都在一天天地发生着变化。我即将像冻土地上的冬小麦一样拔节而起,脱颖而出。而且我的头脑中也开始产生一些奇怪的想法了——夸大点说,就是心灵深处已经充满某些幻想和抱负了。也可以说,正是这些幻想和抱负激励着我,鼓舞着我,使我自觉地热爱起自己的生命来了……

此刻,我仿佛又回到了三十年前的母校,走进了高中一年级的课堂。

我仿佛坐在了自己当年的那个座位上。我甚至还听见了窗外一片熟悉的蝉声。

"徐鲁,请背诵一遍高尔基的《海燕》! "

好像传来了我们的班主任陈老师和蔼的声音。

我颇为得意地站了起来。然而教室里却空无一人。

劳燕分飞,柳色秋风。当年的那一班心比天高的少年学子们,如今早已经天各一方,恍如隔世了。

但是,我能够忘记他们吗? 我能够忘怀那里的一切吗? 我曾以整个心灵生活过的地方——正如普希金的诗歌里所咏赞的一样——它培养了我的情感,我爱过——在那里,我的童年和最初的青春融合在一起;在那里,被自然和幻想爱抚着,我体验到了诗情、欢乐与平静……

哦,那时候! 那时候我的周身涌动着的是一个自不量力的乡村少年的殷殷热血。自己虽然一贫如洗,却幻想有一天能够走遍大地,而口里也常常念着这样浪漫的诗句:"没有我不肯乘坐的火车,也不管它往哪儿行驶……"

我的课桌里面也常贴着自己用毛笔抄录的两句诗:"自信人生二百年,会当水击三千里。"

我的入团申请书里,也引用着奥斯特洛夫斯基的那段名言:"人的一生,应当这样度过……"

这样的回忆,对我来说永远是温馨无比的。我还记得那年秋天,我的好同学关潼要离开故乡去远方,我们都站在大青山口为他送别。他的背包里,装着我送给他的一首五言唐诗:"十年磨一剑,霜刃未曾试。今日把示君,谁有不平事?"而我的口袋里,也留有他赠送的

一本纪念册,扉页上工工整整地写着我们当时都非常熟悉的一段语录——马克思中学毕业论文中的誓语:

"如果我们选择了最能为人类的幸福而劳动的职业,那么重担就不能把我们压倒,因为这是为大家而献身。那时我们所感到的就不是可怜的、有限的、自私的乐趣,我们的幸福将属于千百万人,我们的事业将默默地但是永恒发挥作用地存在下去,而面对我们的骨灰,高尚的人们将洒下热泪。"

是的,这就是那时候的我们。虽然单纯、幼稚、懵懂,年少气盛,却有的是理想和热忱,一个个都是十足的理想主义者和英雄主义者。

我还记得,有许多次,仿佛要有意试一试自己的意志和胆量,我和关潼、延平等几位要好的同学一道,在翻江倒海般的暴风雨中沿着大青山古道骄傲地奔跑着。我们一边疯狂地漫无目的地奔跑,一边挥动着双臂"哟嗬嗬——"地呼喊着,好像每一个人都和大自然的风雨雷电融成了一体,暴风雨中的一切声音,都化作了我们生命的声音。我的周身既充满了力量也充满了胆量。我们大声地呼唤:"让暴风雨来得更猛烈些吧!"而当暴风雨停住,大地重又归于平静的时候,我们就会像一群胜利者一样,一起站在高高的天清气爽的山巅上,遥看远处大团大团飞涌的白云,还有那依稀可见的迷人的海光;聆听着一阵阵如同交响乐一般的林涛的奏鸣,心中似有万种神秘的激情在冲撞、荡漾……

这时候,我们又会对着山谷,对着丛林,对着辉煌的落日,高声地朗诵起我们所喜欢的诗歌来。那时我们的班主任教我们念过不少诗歌。我记得当时我最喜欢并常常在晚会上朗诵的,是普希金的诗:

无论命运把我们抛向哪里，

无论幸福把我们带到何方，

我们永不变心：

世界是别人的，

而只有皇村，才是我们的故乡……

现在想来，这样的情景，和赫尔岑、奥格辽夫少年时代的那个黄昏，是何其相似啊！没有错，一代人有一代人的性格特征，一代人有一代人的精神追求，一代人有一代人所钟爱的理想和誓言。但无论是处于哪个时代的少年人，有一点则是共同的，那就是都崇尚青春，都富于理想，都钟情于浪漫、高尚的幻梦；而且都富于朝气，都富于力量，都渴望着在天上飞翔！

帕乌斯托夫斯基在他的《金蔷薇》里写过："对生活，对我们周围一切的诗意的理解，是童年时代给我们的最大的馈赠。如果一个人在悠长而严肃的岁月中，没有失去这个馈赠，那他就有可能是位诗人或作家……"

我很庆幸自己经过了这么多年的颠簸和淘洗，不但没有失去这个"伟大的馈赠"，相反，我倒越来越觉得它的宝贵与伟大了。或许正是它教会了我如何去面对人生和亲近世界。尽管在今天，这一切会被视为多么幼稚和可笑，但我仍然坚信，与今天的崇尚物欲、追逐时尚和日渐颓靡的精神状态相比，昨天的那些激情，那些誓语，那些梦幻……它们仍然是高傲和辉煌的。我将因此而无怨无悔。

我也曾不止一次地写到过，我是多么怀念感激那一段既贫困又坚实的岁月。那些浪漫的激情和誓语,虽然是那么短暂地出现在我的少年时代的某一时刻,但它们却潜移默化地影响着我,直到今天。我相信,它们是我坚强的意志的奠基石,是我渴望为理想献身的信念的源头,是我有时候不得不遵循内心而守护住自己的秘密的精神支柱,也是我今生今世赖以在这个浩大、纷纭和凛冽的世界上奋斗和生存下去的全部资本和最后的退路……

现在,要紧的是如何在今天这种物欲横流的情势下,忠诚地守护住它们,也用我们的一生来为它们作证!我想起一位年老的诗人——我的精神导师的话来:"他出生的时候,并没有玫瑰花,他反而取得了成功;而现在,应当有所警惕了呢,当美丽的玫瑰花微笑的时候。"

乡梦不曾休

我得承认,世上真有这样一种"心灵中的故乡",真有一种前世回忆似的乡愁。然而我也常常困惑于此,有时候总不免感到奇怪:一个人怎么可以轻易地离开自己的故乡呢?凭什么离开那养育了你的地方呢?难道不害怕那接踵而至的无尽的乡愁?不想念往昔相依为伴的山岗、河流和炊烟,那拾过麦穗的秋野,躲过风雨的茅草棚,茂密的小树林和金色的叶堆与草垛,牛背上相濡以沫的伙伴,矮屋里充满真情的亲人们的呼吸和声音?以及那留下了自己许多旧梦的老磨坊、井台边、禾场上空的红月亮……怎么可以没有故乡呢?当我们生活在这个世界上。天黑下来的时候,连鸟儿都知道从旷野里飞回村庄。

我常常就是被这样一种心境浸染着,时时梦游在那片遥远的乡土之上。是的,虽然我也早已离开了自己出生和成长的地方,但是无论何时何地,旧情总难忘怀,乡梦也未曾休。无论是在大雪弥天的呼啸山庄,还是在大城郊外的秋草地上,一闭上眼,脑海里就开始搜寻着故乡留给我的丝丝缕缕的记忆:黛青色的起伏的山峦,巨兽般的高高的峰巅,金色的池塘,神奇的绣眼鸟和高大的枣树与槐树,矮矮的画满了白色圆圈的村边的断墙,墙边爬满了百年的老藤……还有那年老的白果树,连爷爷的爷爷也不会知道它们是何时长成的。它们古老的身躯,撑开巨大的茂密的枝叶,投下一片绿荫……

而环绕着我们村庄的蓝色的柳叶河上,有巨大的轮子般的风力水车,有水磨坊和沙土城堡。黄昏时和黎明时,青石板组成的河埠上,此起彼伏的捶衣声散淡而又热烈,那么遥远又那么亲切。我知道这一条河是我们的乡村生生不息的生命的河流,是我们的父母河。而少女们的嬉笑声更是代表着整个村子的快乐。她们彩色的裙裾抖开在河边,宛若乡村四月里重开的花朵……河流的上游有一望无际的大草甸,候鸟和过路的商客将在那里小歇。天色晚了,痴情而大胆的女人会穿着紧身小袄在那里等待自己相好的汉子,大草甸的深处将成为他们爱情的伊甸园。也就是这样,星辰升起。村口会响起许多悠长而亲切的呼唤,那是妈妈召唤的声音,是呼唤孩子回家加衣裳的声音,它们悠长亲切得使每一个远离了村庄而走到陌生城市里去的和无可奈何地蜷缩在城市屋檐下的孩子仿佛都能够听见……月亮将穿过白莲花般的云层像小船儿一般划出山后,它的温柔的光芒将会在深夜里照亮村外的道路上一摊摊美丽而安静的积水。即将成熟的玉米和肥美的豆叶将发出沙沙的神秘的声响。倘若在冬天的雪夜,有人风雪夜归,远远的村庄深处将传出沙哑而亲切的村狗的叫声。在这小小的亲密的村子里,一家的归客也几乎是公共的,一家的忧乐总是连着整个村庄的心……

没有错,我想象着遥远的故乡应该还是这样子。无论时代怎样改变,我们的情结、我们的根、我们的文化……都将有一些最永久的东西长存下来。无论我走到哪里,我都能凭着心灵中最敏感的触角而把属于自己故乡特有的东西分辨出来。可是,事实上,那令我时时流连忘返的淳朴而美丽的一切,如今都只永远保存在我的深深的记忆里,活跃在我天真未泯的想象里了。

　　故乡啊,你永在我的心上!

这么快就开始怀旧了

问：时下流行的《老男孩》是"筷子兄弟"组合拍摄的、记录"70后"一代青春成长历程的视频短片，不少看过的人坦言泪流满面，尤其是男生更容易引起共鸣。请问您看过吗？如果看过，有何评价？如果没看过，能谈谈在您的青春岁月里，有哪些最值得怀旧的小细节吗？

答：很抱歉，我暂时还没有看过这个短片。我想，我们这些生于上世纪 60 年代人的怀旧，与"70 后"一代并不完全一致。刘欢先生出过一张碟，名字就叫《生于 60 年代》；梦鸽也录过一张碟，演唱的都是创作于上世纪 70 年代的电影歌曲和流行歌曲；还有崔永元拍的那个老电影系列，这才是属于我们这代人的怀旧。样板戏、阿尔巴尼亚电影和朝鲜电影、贫穷而淳朴的乡村小学、谷场上的露天电影、各种题材的"小人书"、新闻简报纪录片、寒冷冬夜里半军事化的长途拉练、在乡村简易的戏台上为贫下中农表演节目……所有这些，都能引起我无限的怀念。

问：人是越老越容易怀旧吗？还是在身处逆境的时候，更容易怀旧? 或者,怀旧也是一种跟风? 对此,您怎么看? 哪些情况下,您的怀旧情结会被触动?

答:怀旧,当然不应该成为一种跟风,而是个人心灵的一种需求、一种情感上的释放。我自己的感觉是:我无法适应今天的生活潮流、生活节奏、价值观念、人际关系,等等,我觉得还是过去的少年时代和青春时光比较单纯、真诚,人与人之间容易相处。因此,我的怀旧情结,往往是被今天的生活带给我的焦虑、压抑、困惑不安而引发的。

问:您一般会以什么样的方式去怀旧? 有没有特别的怀旧地点、怀旧途径?

答:我觉得我是一个十分"念旧"的人。我喜欢保存过去日子里留下的一些东西:旧书、书信、日记本、笔记本、手稿,甚至一些不经意间留下的小纸片、老照片,等等。只要一看到这些东西,就会引起我对过去的回忆和感念。我喜欢用翻看这些旧书和陈年字纸的方式去"怀旧"。我也喜欢不厌其烦地观看童年和少年时代看过的老版黑白电影,听那百听不厌的"样板戏"。

对我来说,最好的怀旧地点是乡村和田野。我喜欢在周日独自穿过城市到空旷的郊外,去踩一踩松软的泥土,呼吸一下田野的气息,看看那些野草和野花,当然,如果能够看到一些熟悉的农作物,那就更好了。

问:怀旧的人应该是可爱的,但若是过分怀旧,可能也会与今天快速发展的社会格格不入。总体说来,您对"怀旧"这一情结有何看法? 您认为,应该怎样拿捏好怀旧的分寸呢? 请用简短的一两句话,来总结您关于怀旧的观点。

答:怀旧也是一种对过去的感恩。在我们每个人的记忆里,都会有过许多小小的、明亮的瓜灯和小橘灯,给过我们温暖、光明和幻想。我相信,对生活,对我们周围一切的诗意的理解,将是童年和少年时代留给一个人的最伟大的馈赠。一个人如果在后来漫长和艰辛的岁月中没有失去这个馈赠,那他就有可能成为一位富有高尚的心灵、懂得珍惜和热爱人生的人。小时候一点一滴的美好记忆,小时候所感知的小小的温暖和快乐,都会成为我们成年后的热情、信心和力量的源泉。所谓"最好的时光",其实就是那种永不回返的"幸福感",有时候,并不是因为它有多么美好而让我们眷念不休,而是倒过来,正因为它是永恒的失落,我们于是只能用"怀念"来召唤它,它也因此变得更加美好,更加让人难以忘怀。有怀念,才有感恩的心,才能学会热爱。

原载《楚天都市报》

后　记

追忆逝水年华

　　一向以为,童年的生活,无论经过多少岁月,也不管去不去想它,它都会一一地存留在自己的记忆里,绝不会离弃自己。而童年时代的"那个孩子"——那个尝过了寂寞和贫穷的滋味,善良无助而又心比天高的孩子,无论我走到什么地方,也不管我变得多么苍老,他都会永远地活在我的心灵里,让我随时都可以与他对话。可是,一旦我拿起笔来,面对那些流逝的岁月,追忆起那些曾经何其熟悉的亲人、长辈和青梅竹马的伙伴们时,我却不能不感到无限的伤感。童年与我之间,原来已经有了这么遥远而不堪回首的距离!当我转过身来,远远地望着我的童年,我看见的是一个已经模糊不清的自己的影像。我的心,也品尝到了我所景仰的一位前辈诗人曾经写到过的那种人生况味:

　　当我年轻的时候
　　在生活的海洋中,偶尔抬头
　　遥望六十岁,像遥望
　　一个远在异国的港口

经历了狂风暴雨,惊涛骇浪

而今我到达了,有时回头

遥望我年轻的时候,像遥望

迷失在烟雾中的故乡

——曾卓《我遥望》

追忆我童年在故乡的生活经历,是我早就想做的一件事。不仅仅是为我自己,也不仅仅是为了卸除长期以来压在自己心灵上的一种对于故乡、故人的感恩的重负。不,所有这一切,我知道我今生今世将是无法回报的。我的一切:七尺的躯体,一生的力气,还有我的这颗心,原来就是属于那个并不富有的故乡的,属于教我养我的故乡的亲人、长辈和伙伴们的。我的一点隐秘的心愿是,我想告诉今天的少年们,我们这一拨人,曾经是怎样生活过的,曾经怎样在艰辛而贫穷的生活底层苦苦地挣扎和奋斗过,然后才有了今天。这样的生活,当然是决不应该让今天的少年们也去经历的,但让他们知道一点,却是必要的。

我把这本书的每篇文字都当成童年的自传来写。因此,这些故事、经历和人物都是真实的,没有任何虚构。生活原本的面目是这样,当初我就无法改变它,现在我更不敢,也不愿去粉饰它,去使它理想化。而且我希望每一位读者都能把这本书当成一个整体,当成一代乡村少年的奋斗历程和成长的痕迹来看。

我写着我的生活经历的时候,所有的人物都不断地出现在我的面前。

当我裹着那件旧大衣,坐在江南最寒冷的冬夜里,——回想着那些辛酸的往事时,我从眼前的郁闷的烟雾中,看到了他们一张张熟悉的面容,听到了他们一声声朴素的乡音……

　　当夜深人静时,我会觉得,他们都默默地站在我的背后,无限疼爱而又有所期待地注视着我,使我既感到温暖,又感到严峻,从而令我透出对于自己正在从事的事业的全部激情和信念:为了他们,即使仅仅为了他们,我也应该好好地活着!我知道,无论何时何地,他们都将与我同在。我在自己朦胧的泪光里,看到了我为了勉励自己而写在面前的几行文字:

　　　我坚信,我如此热爱的一切,
　　　绝不会消失得无影无踪——
　　　这贫瘠生活的全部颤音,
　　　这不可思议的一腔热情。

　　细心的读者也许会注意到,我所写的每一段故事里,其中的人物大都离我而去了。有的仅仅是地域意义上的别离,而更多的却是天上人间的生死永诀。这也是生活本身的安排,对此,我无法祈求更好的结局。直到那一篇《告别故乡》,乖戾的命运把过去的岁月留给我的个人生活的最后的退路——和生我养我的故土的血肉联系,也彻底地切断了!故乡从我的视线里消失的时候,我的童年和少年时代从此也就永远地结束了。一条大江横在我的面前,我的青梅竹马时光将永远地被抛弃在北方,在胶东的那片土地上了!

我的这本小书，就写到这里为止。

此刻，当我写着这篇"后记"的时候，我想到了托马斯·曼说过的那几句话："哦，终于写完了！它可能不那么好，但它总算写完了。只要写完了，它也就是好的。"最后，我要感谢一直在关注我的写作和生活的老师们、朋友们，当然，还有我的故乡的亲人们。如果没有他们远在千里之外给我默默的鼓励和期待，我想这本小书是不会这么快地完成的。"十一月中长至夜，三千里外远行人。"我总觉得，这是两句忧郁的怀乡诗，也是最温暖的感恩的诗句。

是为后记。